集英社オレンジ文庫

あやかしギャラリー画楽多堂

～転生絵師の封筆事件簿～

希多美咲

本書は書き下ろしです。

目次

イラスト／Ｌａｒｕｈａ

希多美咲
あやかしギャラリー画楽多堂《がらくたどう》
転生絵師の封筆《ふうひつ》事件簿

プロローグ

カーンと甲高《かんだか》い木槌《きづち》の音が鳴った。

電光掲示板に示された数値は『946，080，000』桁《けた》違いの数字だが、これは金額ではない。ここに並んでいるのは秒数だ。つまり九億四千六百万とんで八万秒。年数にすると、ちょうど三十年になる。

「はい、寿命三十年で見事落札！　そこのあなた、おめでとうございます！」

落札者に拍手を送ったのは、成人男性の背丈はあろうかという大きな白猫だ。もふもふの毛をタキシードに包み、小さなシルクハットをちょこんと被った姿が滑稽《こっけい》ではあるが、彼が常に堂々としているため違和感はない。

二つに裂けた白い尻尾をゆらゆらと揺らしながら、競売人である猫又《ねこまた》はニタリと笑った。

「さぁ、お次は本日の目玉でございます！」

先ほどの『競売品』と入れ替わるようにして舞台に上がってきたのは、目を見張るほど美しい青年だった。

透き通るような白い肌に、金色《こんじき》にも見える艶《つや》めいた茶色の髪。全体的に色素が薄いので、はかなげに見えないこともないが、大きな瞳の中にある不屈を宿した光がそれを裏切っている。スッと通った鼻梁《びりょう》に形のいい唇。全ての土台となる卵型の輪郭《りんかく》も恐ろしいほど左右のバランスがとれている。輪郭だけではない。彼の顔を彩るパーツ一つ一つが黄金比そのものだ。声が出せないように咬《か》まされた猿ぐつわでさえも、その美貌《びぼう》を阻害するものではなかった。

「うーうー！」

青年は必死に両手を縛る鎖を解こうとしているが、悲しいかなびくともしない。苛立《いらだ》った青年は膝《ひざ》をついて鎖を床に打ち付け始めた。

参加者たちが青年の一挙一動に見入っていると、競売人の張りのある声が会場に響いた。

「彼は人間でありながらあやかしになった希有《けう》な存在！　めったにお目にかかることができない希少種でございます！」

ざわつく参加者たちをあおるように、競売人は尚も続ける。

「人からあやかしへと生まれ変わったのは二百年以上も前のこと！　この令和の世まであやかしとして生き続けてきた珍品です！」

参加者たちはさらに騒然となった。

「彼は、とても価値が高いゆえ寿命二十年から始めさせていただきます！」

カーン！　と木槌が鳴ると、参加者が次々と年数を口にしだした。

そう、このオークションは、あやかしを落札するオークションだ。競売にかけられた者を競《せ》り落とす対価は金ではなく自分の寿命なので、入札者はほとんどがあやかしだが、中には物好きな人間の姿もある。

アンダーグラウンドで噂《うわさ》されているあやかしオークションに興味を持ち、特殊なルートで参加した者たちだが、長寿のあやかしに競り勝つ者はほとんどいない。

「三十年！」

「四十年！」

あっという間に青年の価格は上がっていく。対価が五十年を過ぎた頃には、人間が手を挙げることはまったくなくなっていた。

六十年、七十年と十年単位でどんどん年数が増えていく。異常な競り上がりに、さすがのあやかしたちも声を上げる者が少なくなってきた。そんな中、

「八十年！」

顔色一つ変えずに手を挙げたのは、二十代後半くらいの金髪の男だ。ダークスーツに身を包み、紳士然とした容姿は一見人間だが、平気で長い寿命を支払えるところをみると彼はあやかしなのだろう。

「……きゅ、九十年」

その男と唯一競り合っているのは、なんともかわいらしい兎《うさぎ》だった。茶色の毛並みを逆立たせ、小さな兎はなぜかギリギリと歯ぎしりをしている。

「百年！」

男が声を張り上げると、兎がギョッと目を見開いた。

商品である青年は、蒼白《そうはく》になってすがるように兎を見つめた。兎はしかたなさそうに鼻をひくひくさせて、声を振り絞る。

「ひゃ、百五年……！」

「百二十年」

即で返した男に、会場がどよめいた。兎の耳が仰天したようにピンッと立つ。

「それとも百三十年にしておこうか？　兎君」

余裕綽々《しやくしやく》の男の態度が鼻についたのか、兎がぶちぎれたように身体《からだ》を跳ね上げた。

「てめぇ！　こんなアホに寿命百三十年だと!?　バカじゃねぇのか、こいつにそんな価値なんかねぇって！　もっと考えろ、もったいねぇ！」

先ほどまで自分も寿命百五年だとか言っていた兎が正反対のことを喚《わめ》きだしたので、一同はポカンとした。見かねた競売人が「口を慎むように」とたしなめる。

「さぁ、百三十年が出ました！　他にございませんか？」

競売人が木槌を手に取った。このままでは、青年は金髪のあやかしに競り落とされてしまう。

慌てたように必死に首を振り、青年は潤んだ目で兎を凝視した。ここで声を上げなければ、一生恨むとでも言いたげな表情だ。

兎はぶるぶると全身を震わせ、「キー！」と鳴き声を上げた。

「こんちくしょう！　しかたがねぇ！　断腸《だんちょう》の思いで、ひゃ、百五十……っ」

――と、その時だった。

兎の声を遮《さえぎ》るように、会場の扉がバンッと大きく開いた。振り向いた参加者たちが一斉に席を立つ。

「そこまでだ！　皆、おとなしくしろ！」

「この会場の周囲は包囲されとるで！　観念しいや！」

突然踏み込んできたのは、巨大な銀色の蜘蛛《くも》と九尾の狐だった。狐は同じ姿形をした小さな手下を複数従えている。

「な、なんだ、お前らは！」

招かざる客に猫又が怒鳴ると、最後に背の高い男が入ってきた。

男は目を見張るほどの美丈夫だ。引き締まった体軀《たいく》に、黒曜《こくよう》石のように純美で凛々《りり》しい瞳。筋の通った鼻に薄い唇。肩口で無造作に切られた黒髪は流麗に煌《きら》めいて揺れている。

彼を彩るパーツの全てが端正という言葉を具現化しているようだった。

迫力に気圧《けお》される参加者たちを尻目に、男は舞台に上がって青年の傍《かたわ》らで片膝をついた。

「大丈夫か？　楽真《らくま》」

「うーうー！」

男の言葉に、青年はぶんぶんと首を横に振る。

「その様子じゃ、いろいろと大変だったみたいだな」

「うー！」

青年に睨《にら》まれ、男はようやく猿ぐつわを外した。

「――ぷはっ！　おっせぇよ、上総《かずさ》！　なにやってたんだよ。危うく競り落とされるところだったじゃねぇか！」

開口一番に喚き散らされて、上総はうるさそうに眉を寄せた。

「悪かった。兎三郎《うさぶろう》を先に潜入させてたんだから時間稼ぎにはなっただろう？」

「なってねぇよ！　あの人めちゃくちゃ俺を競り落とすの嫌そうだったもん！」

「寿命百五十年分だ。あいつにしては奮発した方だろ。――さて、まずはあの競売人……猫又を捕縛しようか」

そう言って、上総はあの茶色い兎を呼ぼうとした――が、

「あやかし、一匹確保ー！」

スーツをきっちりと着込んだ生真面目そうな青年が、いきなり兎を捕獲して高々と掲げ

た。

「え？」

呆気《あっけ》にとられる楽真たちをよそに、青年は得意げに兎を荒縄でグルグル巻きにしている。

「誰、あれ？」

ポカンとしたまま楽真が指さすと、上総は溜め息をついて額《ひたい》を押さえた。

「警視庁の人間だ」

「もしかして、新しい専任管理官……？」

たった一言で全てを理解した楽真が呟《つぶや》くと、青年が警察手帳を掲げて叫んだ。

「警視庁捜査一課だ！　おとなしくしろ！」

逃げ惑っていたあやかしたちが愕然《がくぜん》と男を見る。

「警察だと？」

「なんで警察がここに！」

あやかしよりも、競売に参加していた人間たちの表情が絶望に変わる中、捕縛された兎が青年の腕の中で大暴れした。

「ばかやろう！　放しやがれー！　俺は上総様の妖刀だー！」

Case1.

あやかしオークション

1.

東京都千代田区《ちよだ》、国立劇場の目と鼻の先にある『画楽多堂《がらくたどう》』は、うっかりしていると見逃してしまうほどの小さな画廊だ。

店の中を覗《のぞ》けるショーウィンドウは、出窓になっている小窓が一枚だけ。壁を彩る赤煉《れん》瓦《が》には蔦《つた》が絡まり、茶色い木製の扉は人を拒んでいるかのように固く閉じられている。唯一扉の上部に『ギャラリー画楽多堂』の看板があるが、あまりにも小さく存在を主張していないため、立ち止まって見なければ画廊だと気づかない。

そんな店の扉を開けば、また驚くほどの別世界が広がっている。

外からはこぢんまりとして見える店舗だが、内部はある程度の広さがあり、圧巻されるほど美しい絵画が多数飾られている。額縁に入れられたものや、剝《む》き出しのまま放置されているもの、和紙に描かれた日本画、キャンバスに描かれた洋画、鉛筆画、水彩画や油絵。技法や画材は様々だが、ほとんどの絵に共通しているのは風景画であるということだ。人物画は一枚もないが、絵の情景はそれぞれリアルで、まるでその場所に自分が行ったような気分になる。よほどの力量がなければこれだけの絵は描けない。

これらは全て、たった一人の画家によって描かれたものだ。

画家の名は『RAKU』、本名は斉藤楽真《さいとうらくま》。二百年ほど前に死して後《のち》あやかしとして転生し、現代まで生き続けてきた青年だ。

そんな目映《まばゆ》いばかりの景色に囲まれた画廊の中で、一人の青年が深々と頭を下げていた。体軀《たいく》に合う紺《こん》のスーツを綺麗《きれい》に着こなした姿は、一言でいうとスマートだ。スッキリとした顔立ちには快活さと明るさが内在していて、学生と社会人の狭間《はざま》にある輝きと若々しさに満ちている。そんな彼が酷《ひど》く恐縮しているのは、自分のしでかしたミスのせいだろう。

彼の謝罪を神妙に聞いているのは、あやかしの頭目である剣上総《つるぎかずさ》と、画楽多堂の主人斉藤楽真だ。ちなみに上総の肩の上には、仏頂面《ぶっちょうづら》の兎《うさぎ》がちょこんと乗っている。この兎の名は兎三郎《うさぶろう》。刀の付喪神《つくもがみ》が動きやすいように変化したもので上総の愛刀だ。

「すみませんでしたじゃねぇよ、このぼんくら刑事が！　よくも俺様をとっ捕まえやがったな！　おかげで上総様にご迷惑がかかっちまったじゃねぇか！」

健気に謝る青年を容赦《ようしゃ》なく罵倒《ばとう》したのは兎三郎だ。凶暴性を丸出しにした兎は青年の頭部に蹴《け》りをくらわせる。姿形はかわいいが兎三郎の辞書に穏やかという文字はない。

「いたたた！　すみません、すみません！　あなたが画楽多堂のあやかしだったなんて知らなかったんですよ！」

あまりの激痛に青年はうずくまって悲鳴を上げる。小さくとも兎の蹴りはまるで鞭《むち》に打たれたような重さと痛みがある。かわいそうになって楽真が止めようとすると、上総が兎の頭を叩いて首根っこを摑《つか》んだ。

「お前はいつもやり過ぎなんだ。その乱暴な性格はどうにかならないのか」

「すみません、つい頭に血が上ってしまいまして。自分、刀なもんで！」

さっきまで凶暴になっていた兎が、ようやく溜飲《りゅういん》を下げたようにふーっと息をついた。

兎三郎の唯一の弱点は上総だ。彼が怒れば兎は借りてきた猫のようにおとなしくなる。しかし、刀なもんでというが、それと性格とはまったく関係ない気がする。

「ええっと、とりあえず座れよ。コーヒーでも飲むか？」

楽真は気を遣って店内の隅《すみ》にある椅子《いす》とテーブルを指さした。ここで自分の絵を思う存分眺めてもらうために画廊の客用に用意したものだが、哀《かな》しいことにあまり使う機会はない。カウンター内に潜ませているコーヒーメーカーも同じ目的だが、これも活躍の機会を失って久しい。つまり、この画廊はいつも閑古鳥《かんこどり》なのだ。

「どうも、すみません」

青年はしょんぼりと項垂《うなだ》れて、椅子に浅く腰掛けた。

なんだかその姿が滑稽《こっけい》で、楽真は笑ってしまった。彼は警視庁のキャリアのはずだが、とてもそうは見えない。

「あんたも、わけのわからないまま専任管理官にされた口だろう？　貧乏くじを引いたよな」

「はい」

青年は素直に頷《うなず》いた後、あっと口を押さえた。

東京霞《かすみ》が関《せき》。首都を守護する要《かなめ》である警視庁と、この画楽多堂は密かに繋《つな》がりを持っている。

昨今ではあやかし絡みの事件が多くなり、ことを公《おおやけ》にできない警視庁はあやかしの頭目である上総を内密に頼ってくるのだ。その連絡係兼捜査責任者として主にキャリアが専任管理官として任命されるのだが、わざわざ優秀な人間ばかりを送り込んでくるのは警視庁なりの理由がある。平たく言えば、専任管理官とは画楽多堂にいるあやかしたちのお目付役だ。都合のいい時はこちらに頼っておきながら、彼らは自分たちの目の届かないところで画楽多堂が自由に活動するのを大いに警戒しているのだ。

しかし、得体の知れないあやかしたちと危険な任務にあたるのを嫌がるキャリアは多い。また、それなりに霊感も備わってなければいけないので適任者も少ない。だから、比較的若い霊感持ちが生け贄《にえ》として専任管理官に選ばれるという。

余談だが、画楽多堂は警察からの依頼ばかりをこなしているわけではない。あやかし絡みの事件で悩んでいる一般人の怪事件なども解決している。ちなみに、あやかしオークションは警視庁直々《じきじき》の案件だ。ここ数カ月、前任の専任管理官と共に内々に調査をしていたのだが、彼は楽真がオークションに潜入している間にストレスで胃に穴が空いて入院してしまったらしい。それゆえ急遽《きゅうきょ》ろくな引き継ぎもなくこの青年——来栖圭人《くるすけいと》が新しい専任管理官に抜擢《ばってき》されたのだ。

あやかしオークションとは、その名の通りアンダーグラウンドで開かれているあやかし専門のオークションで、巷《ちまた》のあやかしたちが拉致《らち》され、オークションにかけられるという非人道的……いや、非妖道的犯罪だった。これに警視庁が首を突っ込んできたのは参加者の中に人間が交じっているという情報があったからだ。

「けど、俺があんなに身体《からだ》を張って頑張ったのに、捕らえられたのは競売人の猫又《ねこまた》だけ。案外上総も兄さんたちもふがいないよな」

からかった楽真に兎三郎が不満そうな顔をする。

「しょうがねぇだろう。俺が縄で縛られてたせいで上総様が妖刀を扱えなかったんだから」

「妖刀がないと上総も形なしだな」

「なんだと、上総様をけなすと俺がぶっ殺すぞ!」

「はいはい」

べっと小憎らしく舌を出す楽真の額《ひたい》を兎三郎が蹴った。

「てめぇ、まだ拗《す》ねてんのかよ。うっとうしい奴だな!」

「蹴るなよ。そりゃ拗ねるだろう、怒るだろう! 上総は乗り込んでくるのが遅かったたし、兎三郎兄さんは俺の入札を渋るしさぁ。このまま、うっかり他の奴に落札されるんじゃないかとヒヤヒヤしたんだぜ？」

「当然だろ。なんで俺がお前なんかのために寿命を百年以上も差し出さなきゃなんねぇんだよ。ヒヤヒヤしたのはこっちだぜ」

「ひでぇ！　兄さんは太刀《たち》だろ!?　物なんだから、寿命が減っても平気だろ」

「平気じゃねぇよ！　物でも寿命が来たら壊れるんだよ！　俺が折れたら上総様がお困りになるだろうが！」

「新しい妖刀を見つけるからいいんじゃねぇ？」

「なんだと、この野郎！　ぶっ殺してやる！　俺以上の妖刀がこの世にあるかよ！」

「――うるさい！　静かにしろ」

ぎゃあぎゃあと言い合う二人の頭を上から押さえつけたのは上総だ。兎三郎と楽真のケンカはこうして上総の一喝《いっかつ》で終わらされることが多い。

楽真は唇を尖らせて、入れたばかりのコーヒーを圭人に出した。

「あ、ありがとうございます」

カップを受け取った圭人は、ふと何かに気がついたように楽真の顔を見つめる。

「どうした？」

「あ、いえ……あなたとどこかでお会いしたことがあるような気がして」

「えー？」

思いも寄らないことを言われて、楽真もじっと圭人を見つめた。

「俺は覚えがないけどなー」

「そ、そうですよね。すみません」

圭人はなぜか顔を赤くして、パッと楽真から視線を外した。ごまかすように店内を見回し、再びこちらに顔を向ける。

「それにしても、素敵な絵ばかりですね」

「お？　わかる？」

「ええ。俺はあんまり絵に明るくないんですが……それでも凄《すご》さは伝わってきます」

「一応、画廊を気取ってるけどさぁ、売る気はないから溜まっていく一方なんだよなぁ」

楽真は無造作に皇居を描いたキャンバスを持ち上げた。一応完成はしているが、あまり出来に納得していないので、まだ手を加えたいと思っているものだ。

「よければ、一枚持っていってもいいけど？」

「え？　いいんですか？」

「ああ。ここに埋もれさせとくのももったいないし。でも、よそには持っていかずに家でだけ飾ってくれよな。あんまり外部に持ち出してほしくないんだ」

「あ、はい！　ありがとうございます」

圭人は喜んで、じっくりと絵を吟味《ぎんみ》しだした。自分が何をしに来たのか忘れたように、嬉《うれ》しそうに一枚一枚眺めている。

「あんた、絵が好きなの？」

その喜々《きき》とした表情が嬉しくて、楽真は目を細めた。

「はい！　あ、でも……どちらかといえば弟の方が……」

「弟？」

「あ、いえ」

主人は口ごもった。弟のことはあまり話したくないのだろうか。

「これ……」

ふと、彼の目が一枚の絵に釘付けになった。それは森林に囲まれた白亜《はくあ》の邸《やしき》を描いた絵だ。

「それでいいのか？」

「はい、持ち帰るのにちょうどいいサイズですし。マンションの部屋に飾ります」

Ｂ４サイズだが、マンションなら見栄えがする大きさだ。リビングの壁に飾れば、より寛《くつろ》げる空間になるだろう。

「ちょっと待ってな、それにサインするのを忘れてる」

楽真は腰のベルトに付けている革製の茶色い腰袋から一本の筆を取り出した。『ＲＡＫＵ』のサインを絵にサラッと入れて、満足気な笑みをこぼす。

この腰袋は、いついかなる時でも絵を描けるようにと、上総が与えてくれたものだ。必要な紙と筆などは常備しているので、こうしたちょっとした時にも役に立つ。

「あの、斉藤さん」

「楽真でいいよ」

「じゃあ、楽真さん。楽真さんは人物画を描かれないんですか？」

「え？」

　圭人は画廊中の絵を見回している。

「ここには人物画が一枚もないので。楽真さんの腕なら人物画もさぞかし見応《みごた》えがあるんだろうと思って……もしかして他の場所に？　それとも、あの扉の奥にはまだまだたくさんの絵があるんでしょうか？」

　おもむろに圭人が画廊の奥にある黒い扉を指さしたので、楽真と上総は微《かす》かに目を見開いた。

「お前、あれが見えるの？」

「え？　あ、はい」

　扉は分厚い鉄製で、やけにごてごてとした装飾が施されている。真っ黒なそれは華やかな画廊の中にあって異様な気配を放っていた。

「あの扉はいったい……」

「それは秘密ー！」

楽真はすかさず圭人の言葉を遮《さえぎ》った。

「またそのうちな」

「え？」

「とにかく、謝罪はちゃんと受け入れたから。お前もいつまでもこんなところにいたら仕事ができないだろ。本庁の人間は忙しいんだろうし」

もう用は済んだだろうとばかりに圭人の背を押して追い出しにかかると、彼は焦ったように振り向いた。

「ちょ、ちょっと、楽真さん！」

「はい、お疲れさん。またなにかあったらお互い協力し合おうぜー」

「待ってください。最後にもう一つ！　本当にあなた、俺と会ったことがありませんか？」

「……また、それかよ」

楽真はさすがに怪訝《けげん》に思った。二度まで言われては、自分の記憶を疑い始めてしまう。

「お前の勘違い……と言いたいところだけど……。圭人の名字は『来栖』だったよな」

「は、はい！」

「う～ん……いや、ないない。ありえないだろう。……でもなぁ」

楽真はしばらくブツブツと独り言を言っていたが、やがて、ふっと表情を和《やわ》らげた。

「俺にはお前の記憶はないけど……ひょっとしたら、どこかで会ったことがあるのかもしれないな」

自然と声音《こわね》が優しくなる。不覚にも懐かしい気分になってしまい、楽真は我に返った。

「だ、だけど、しつこい奴は嫌いだから、俺！　口説くのはかわいい女の子にしろよ！」

「楽真さん」

「じゃあなぁ～！」

扉を無情に閉じると、外で楽真さんと呼ぶ声が聞こえた。

このままここにいられては根掘り葉掘り聞かれて面倒そうだったので、早々に追い出したが、少しばかりかわいそうだったかもしれない。

「『来栖』か……」

ポツリと呟《つぶや》き、楽真は思わず上総を見てしまった。上総は基本的に口数が少ないが、黒《こく》曜《よう》石のようなその瞳は雄弁だ。楽真は心配させまいとしてヘラッと笑った。

「ないない！　そんなわけないって！　そんな顔しなくても大丈夫だから！」

「あの絵を譲ってやったのにか？」

「べ、別に特別な意味なんかないよ。これもなにかの縁だろ。大切にしてくれるならそれでいいんだ」

大きく片手を振って自分の疑念を打ち消すと、楽真は急いでコーヒーカップを片付けてカウンターの中のシンクに置いた。

　水を出すため蛇口をひねったが、その手がふと止まってしまう。

　確かに、楽真の絵はあまり外部に出すのはよくない。なのに、なぜ絵を譲ってしまったのだろうか。しかもよりによってあの絵だ。

　やはり、彼の名字がそうさせてしまったことは否定できない。

　楽真は急に反省して、情けない顔で上総に謝った。

「ごめんな、上総。やっぱり俺、知らないうちにあの名字に引っかかってたのかもしれない。絵を譲るべきじゃなかったかな」

「……いいさ一枚くらい。お前が納得しているならな」

「うん」

「だが、あの青年……」

　上総は主人が消えた扉に目をやった。

「なにかよくない気配がするな……」

「よくない気配？」

　楽真は洗剤を染み込ませたスポンジをギュッと握った。

「あやかしに取り憑《つ》かれてるとか？」

「いや……違うと思うが」

「確かに、あいつ、あの扉も見えてたしなぁ」

黒い扉は霊力の高い人間か、必要としている人間にしか見えない。

彼は入った時からしっかり見えていたのだろう。あの扉があってないものだとは思いもしていないようだった。

「やっぱり、あいつが管理官になったのもちゃんと意味があるんだろうな」

「――しばらく様子を見てみるか」

「わかった」

上総は兎三郎と共に画廊から本邸へと戻ってしまった。楽真はもどかしさを抑えながら、スポンジでカップを擦った。

2.

キャンバスに筆を滑らせ、青年は苦悶《くもん》の表情を浮かべた。

最初は明確なイメージを持って絵を描いていたはずなのに、今ではいったいなにを描いているのか自分でもよくわからない。

父の収蔵品からくすねてきた高級ウィスキーをあおり、青年は苛立《いらだ》ったように真っ赤な油絵の具でキャンバスを塗りたくった。しまいには、ボトルに残っていたウィスキーをキヤンバスにぶちまける。

やり場のない感情を爆発させるように叫ぶと、青年はその場に仰向けに倒れ込んだ。

床には美しい老女の姿を描いた紙が何十枚も散らばっている。青年はその一枚を手に取って、くしゃくしゃに丸めた。

これらは、全て自分がある絵を模写したものだが、納得いくものは一枚もなかった。

「くそっ！」

カーテンを閉め切った部屋の中で胎児のように丸くなっていると、耳元で小さな鳴き声がした。黒い毛並みの雑種犬が、心配そうに青年の頬《ほお》を舐《な》める。

青年は犬の頭を撫《な》でながら、強く目を閉じた。

『――絵ばっかり描いて、お前に才能はないんだから、ちゃんと勉強しろ！』

『授業参観？　ごめんね、お母さんは用事があって行けないの』

『……授業参観になんか行けるわけないだろ？　あの子は落ちこぼれなんだ。恥をかきに行くだけ損だ。どうして、あんなにできない子になったんだ』

『お兄ちゃんは優秀なのにね』

『どうして、お前は兄さんのようにできないんだ。いったい誰に似たんだ！』

「――うわああ！」

目を閉じたとたんに幻聴が聞こえだした。たまらずに目を見開き、青年は空になったウイスキーのボトルを壁に向かって投げつけた。割れたガラスの音に驚いて鳴きだした犬を強くかき抱き、青年は凍《こご》えたように肩を震わせた。

犬の身体は毛並みがボソボソしていて骨が浮き出ている。抱き心地は悪いが、不思議とその哀れさに心が落ち着いた。

——かわいそうなのは自分だけじゃない。

『お前の絵は凄いな、才能があるよ』

また違う声が聞こえた。幼い頃から聞きなれた兄の声だ。

「そうかな?」

青年は口角をわずかに上げて幻聴に返事をする。

『俺には絵を描く才能がないからさ、羨《うらや》ましいよ』

兄はいつも本気で自分を褒めてくれた。彼の率直な賛美だけが青年の支えだった。

「兄貴……」

青年が一層強く犬を抱きしめると、犬は慰《なぐさ》めるように頬を擦り寄せてきた。

そして、再び幻聴が聞こえる。

『あのさ、俺はお前の絵は好きだよ? でも、やっぱり夢と現実ってものがあると思うんだ……』

どこか諭《さと》すような声音に、青年は激しい絶望を感じた。

「う……あ……うわあああああああ！」

何重にも耳に響く言葉に耐えられず、青年は天井を見上げて絶叫した。


白金高輪《しろかねたかなわ》駅からしばらく歩き、緩い坂道を登った先に来栖圭人の実家はある。

この地域は由緒ある寺が建ち並び、比較的大きな邸が多い閑静《かんせい》な住宅地だ。

中学と高校の頃は寮だったので、小学校卒業と同時に家を出たが、警視庁に入庁することが決まってからは、ちょくちょく顔を出すようになった。といっても、帰りたくて帰っているわけではない。

実は来栖家は深刻な心配事を抱えているのだ。そのせいで母親からの帰省を促《うなが》す電話はかなり多い。実家が霞が関に近いこともあり、しかたなく足を向けているというのが本音だ。

顔を見せて両親を安心させてやるのも親孝行だとわかってはいるが、圭人は基本的にこの高輪の邸があまり好きではなかった。

父はキャリア官僚で、教育や躾《しつけ》に人一倍厳しい人だった。成績が悪ければ罵《ののし》られ、我が子ではないとまで言い放つエリート思考の持ち主で、お堅く融通《ゆうずう》が利かない。そして母親は元華族、旧伯爵家の血を引く生粋《きっすい》のお嬢様だった。もちろん昭和二十二年に華族制度が廃止されたので、肩書はなんの意味も持たないが、それでも気位は高い。旧伯爵家である『来栖』の名前を絶やさないため、母は父を婿にとって家を継いだほど名前には誇りを持っている。

ちなみに圭人の祖父は元政治家で、永田町《ながたちょう》にも顔が利く。つまり、来栖家は醇乎《じゅんこ》たる名家であり、エリート一族なのだ。少しでもそこから外れると、この家でははみ出し者としてさげすまれる。

そんな窮屈《きゅうくつ》な家庭環境が嫌で、圭人は中学入学と同時に寮に入り早々に家を出たのだが、それは正解だったと思う。おかげで伸び伸びとした学生時代を送ることができ、人格形成に特段の不備をきたさなかったからだ。

「ただいま」

圭人が門扉《もんぴ》のチャイムを鳴らすと、楓《かえで》の声が聞こえた。彼女は母が子供の頃から仕えてくれている齢《よわい》六十を過ぎた家政婦だ。

「まぁ、圭人さん。お帰りなさいませ」

嬉しそうな声と共に門が開く。周辺の家屋より一際大きな白亜の邸は、来栖家の自慢だ。昔の来栖邸は番町《ばんちょう》に建っていたのだが、華族制の廃止により斜陽の憂《う》き目にあい売り払ってしまったという。だが、当時の当主が奮起し、この高輪に新しく邸を建て直した。二回りほど小さくはなっているが、邸内は旧来栖邸に似せているので、今どき見ないほど格式ある豪邸だ。

「お帰りなさい、圭人」

楓と一緒に玄関まで出迎えてくれたのは、母だった。家でもきちんと着飾り、だらしない格好をしているところを見たことがない。いくつ歳《とし》をとっても母は美しいままなので、時折この人が妖怪に見えることがある。恐ろしいほど肌が白く、真っ赤なルージュがよく似合っていてどこか妖艶《ようえん》だ。洋服はあまり着ず、高い着物ばかり身につけているので、イメージは雪女に近い。

「ただいま、母さん」

鞄《かばん》を楓に渡すと、二人は目を丸くして圭人の顔を凝視した。

「どうしたの？　疲れてるのかしら、なんだか顔色が悪いみたい」

「あー大丈夫だよ。慣れない配属先で気が張りつめてるだけ」

画楽多堂専任管理官のことは世間には秘密なので、家族にも本当の配属先は言っていない。母も父も、圭人は順調に警視庁のキャリアの道を歩んでいると信じている。余計な詮《せん》索《さく》はされたくなかった。

「圭人さん。お夕飯を召し上がりますよね？」

楓が風呂敷包みも受け取ろうと手を伸ばしてきた。それをさりげなく遮りながら、圭人は風呂敷包みを小脇に抱える。画楽多堂の主である楽真の絵はなるべく他人の手に渡したくない。彼らの全てを把握《はあく》しているわけではないが、仕事で入手したあやかし絡みのものは万人の目に触れさせない方がいいとなんとなく思っていた。

「夕飯、俺のも用意してくれてるの？」

「もちろんです。いつ圭人さんが帰ってきてもいいように、ご家族分はちゃんと用意させていただいておりますよ」

「そうか、ありがとう。でも、もったいないから毎日はいいよ。食べるものがなければ自分でなんとかするしさ」

「そんな寂しいことをおっしゃらないでください」

楓の顔があからさまに暗くなる。彼女は圭人の第二の母のようなものなので、あまり落ち込ませたくはない。

楓はよく言うのだ。圭人はこの家の太陽だと。彼女も来栖家に漂う重苦しい空気を耐えがたく感じているのだろう。

リビングに父の姿はなかった。外務省のキャリア官僚ともなれば定時で帰れるわけがない。子供の頃から父の帰宅はほとんど深夜だった。

リビングの家具は母の好みでアンティークで揃《そろ》えられている。なんとなく居心地の悪い空間を見回していると、ふと、いつもは気にも留めない壁の絵に目が止まった。それは一枚の半紙に墨《すみ》で描かれた老女の姿だ。

あの絵のモデルは主人の高祖母にあたる人だという。もちろん、圭人が生まれる前に亡くなっているので一度も会ったことはないが、絵を見るたびに綺麗なおばあちゃんだと思っていた。

なんでも、昔は女優をしていたらしく、高齢の人に聞けば『来栖月歌《つきか》』の名前を知らない人はいない。彼女は伯爵令嬢でありながら芝居にのめり込み、大女優の地位に上り詰めた変わり者だった。だが、腹違いの兄の死をきっかけに女優を辞め、婿《むこ》をとって伯爵家を継いだと聞いている。

伯爵令嬢が女優だなんて破天荒だとは思うが、当主の妾《めかけ》が産んだ娘だというから、それなりに自由にさせてもらっていたのかもしれない。

「……」

なんとなく絵を眺めていると、突然二階からガシャンと大きな音がした。

なにかが壁にぶつかったような衝撃音だ。後からガラスが割れるような音もした。

「まただわ」

母が怯《おび》えたように、蒼《あお》ざめる。

圭人は天井を見上げて、母を気遣った。

「俺がいるから大丈夫だよ。……最近、酷いの？」

「ええ……。会社を辞めてから、ほとんど部屋から出てこないの。どこで拾ってきたのか、汚い野良犬《のら》まで飼い始めて……。もう、お母さんもお父さんもどうしていいのか……」

再び二階から物を破壊するような音が響き渡った。

「ちょっと様子を見てくるよ」

「そう？　気をつけてね。圭人」

「……そんな不安そうな顔をしないで。相手は弟なんだから、何も起きないよ」

食事の用意ができたとリビングに入ってきた楓と入れ違いになるように、圭人は大理石で作られた螺旋《らせん》状の階段をゆっくりと上っていった。

二階の突き当たりの扉は固く閉ざされている。遠慮がちにノックすると、中からワンワンと犬の鳴き声が聞こえた。

「大智《だいち》、犬を飼ってるんだって？　俺にも見せてくれよ」

なるべく優しい声で話しかけると、扉は意外にも素直に開いた。

「あんたか。また帰ってきたのかよ。警視庁ってやつは暇なのか？」

皮肉たっぷりにそう言う弟の顔色はとても酷かった。どす黒く皮膚が変色し、まるで死人のようだ。おまけに酒臭《くさ》い。

「まだこんな時間だぞ、お前どれだけ飲んでたんだよ」

呆《あき》れて中に踏み込んだ圭人はどうして酒の臭《にお》いが強いのか瞬時に悟った。部屋の中にあるキャンバスや壁が酒で濡れていた。床には高級なウィスキーの瓶《びん》が転がり、何本かは割れている。きっと、大智が癇癪《かんしゃく》を起こしてぶちまけたのだろう。

　言葉をなくしていると、足元に犬が絡みついてきた。黒い毛並みの雑種犬だ。

「こいつ、どうしたんだ？」

「触るな！」

　頭を撫でようとすると、大智に鋭く遮られた。まるで我が子を守るように犬を抱き上げて威嚇《いかく》するその姿に、圭人は不審を抱く。

「あんたにだけは、こいつを触ってほしくない！」

　予想以上の反発だ。犬に触れることもできなかった掌《てのひら》をギュッと握りしめて、圭人は深い溜め息をついた。

　いつからだろう、弟が自分をこんな憎しみを込めた目で見るようになったのは。

　少なくとも、大智が高校生の頃までは良い関係を築けていたと思う。圭人は中、高と寮暮らしだったのでほとんど家にはいなかったが、それでも兄弟の仲は悪くはなかった。

　たまに帰る自分を大智は嬉しそうに迎えてくれ、彼の描き溜めた絵を見るのがルーティーンだった。それがなくなってしまったのは、確か彼が大学に入ってからだろうか。男兄弟だからいつまでも仲良しこよしをしていたいわけではないが、それでも弟の笑顔を見れなくなったのは寂しい。

「……その犬、買ったのか？　それとも誰かに……」

「その辺で拾った」

そっけなく言い放ち、大智はゴロンとベッドに横になった。

弟が引きこもりになってどれくらいたつだろうか。昔から絵を描くのが好きで、将来は画家になりたいと無邪気に語っていたが、父や母に理解されずに苦しんでいた。それでもめげずに画家の道を目指しているようなのだが、この通り現在までまったく報われていない。大学卒業と同時に、ある中堅の出版社に就職し、オカルト雑誌の編集部に配属されたが、それも長くは続かなかった。――企画によってはイラストの仕事も任せてもらえるかもしれないと言っていたのに。

仕事を辞めてからずっと家に引きこもっている弟が、圭人は心配でたまらなかった。気が向かないなりにも実家に通うのは弟のことがあるからだ。若いのだから早く立ち直って、歩む道を見出してほしいが、まだ先は見えない。

「……」

圭人はなんと言っていいかわからず目を伏せた。床には女性が描かれた半紙が散らばっている。全部リビングに飾ってある高祖母の絵と同じ絵だ。昔から大智はこの絵が大好きで、最近では取り憑かれたように模写を繰り返している。

圭人が半紙を手に取ると、大智が疲れたように呟いた。

「俺には絵の才能がないんだ……」

「……」

圭人はくしゃくしゃになった紙を手で伸ばした。露《あらわ》になった高祖母の姿と共に、半紙の下に小さく走り書きされた文字を見つけ、圭人は微かに目を見開く。

「ＲＡＫＵ？　なんだ、これ」

「あんた、毎日絵を目にしてたのに、気づいてなかったのかよ。それを描いた人の名前だろ。正体不明の死神絵師」

「正体不明の……死神絵師？」

そこで、ようやく圭人は思い出した。

高祖母と、この絵にまつわる美しい死神の話を。

とたんに記憶と記憶が合致する。

「そうか、そういうことか！」

圭人は大智に夕食を食べるように告げると、自分は大急ぎでリビングへ駆け下りた。

「ど、どうしたの？　圭人」

飛び込んできた圭人が、いきなり高祖母の絵をじっくりと見だしたので、母は目を丸くしている。

「その絵がどうかしたの？」

「母さん、これって……正体不明の死神が描いた絵だよね」

「死神？　私、そんなこと言ったかしら？」

「言ったよ！　小さい頃、俺たちによく話してくれただろ。この絵の不思議な話を！」

「……」

絵の下方には模写した大智の絵と同じ雅号が記されている。『ＲＡＫＵ』、来栖家に伝わる謎の絵師だ。

「この絵は、月歌おばあさまが亡くなる直前に描かれたんだよな？」

やせ細った祖母の目は落ちくぼみ、首にも深い皺《しわ》が刻まれているが、それでも美しいと感じるほど内面の気高さが滲《にじ》み出ていた。死を直前にしていても彼女の聡明さと気品は失われていない。これは絵師がモデルの本質を最大限に引き出しているからだ。

「そ、そうね。あれは私が物心ついた頃くらいだったかしら……このお邸で曾《ひい》おばあさまは亡くなったんだけど……。亡くなる直前にふらりと見知らぬ絵師が現れたのよ。すごく綺麗な人でね。子供心に私も見惚《みと》れてしまったわ。だけど、家の者はみんないぶかしがって、絵師を帰そうとしたの。でも、曾おばあさまだけは泣いて喜んで病床の自分の姿を描いてもらったのよ。その後すぐに曾おばあさまが亡くなってしまったから、あの絵師は死神だったんじゃないのかって、冗談交じりにお父様たちが言っていて……。それを私はあなたたちに聞かせただけ。死神なんて、本当にいるわけないでしょ」

「そうだよ、死神なわけないんだ……」

「圭人？」

圭人はいぶかる母を無視して、父の書斎に駆け込んだ。

高祖母が亡くなった時の遺品が、父の書斎の棚の奥にあったはずだ。彼女は有名な女優だったから、その功績を家人がスクラップしていたのだ。

幼かった頃、圭人はよく父の書斎に忍び込んで、本や辞書を借りていた。その時、偶然見つけたのだ。あのスクラップを。

「あった！」

それは古いスクラップ帳だった。昭和中期に新しく貼り替えたようだが、それでも古い。圭人は急いで目的の頁《ページ》を探した。

「……これだ」

スクラップされていたのは大正時代の新聞記事だ。高祖母月歌が演じた舞台『メルディーテ』の詳細が記され絶賛されている。そして、古い写真に写る劇団員の中にあったのだ。

あの斉藤楽真の顔が。

『背景絵師と役者を両立する美丈夫』と、紙面ではうたわれている。確かに、大正時代の写真でもわかるくらい、楽真の顔は目立っていた。圭人は子供ながらに、この絵師の美貌《びぼう》に心を奪われたことを覚えている。

その彼が生きて今、自分の目の前に現れた。当時と寸分違《たが》わぬ姿で。

圭人は呆《ほう》けたようにその場に座り込んだ。

「やっぱり、月歌おばあさまの絵を描いたのは楽真さんなのか?」

まさかとは思うが、彼があやかしならばそれもないことはないだろう。寿命は人間よりはるかに長いのだろうから。

何度も何度も写真と記事の内容を見返したあと、圭人は後先考えずに風呂敷包みを持って大智の部屋に取って返した。

「なんだよ、さっきから出たり入ったり」

「大智……」

部屋中に散らばっていた模写を拾い集めて、圭人は呟くように言った。

「お前、俺の知ってる画廊に行ってみないか?」

「はっ? 画廊に? なんで」

「……あそこなら……そこの店主なら、お前を救ってくれるかもしれない」

「――救うってなんだよ、俺は別に……」

「お前は、このままじゃダメなんだよ。気づいてるだろ?」

「あんた、またそんなことを言うのかよ!」

突然、大智が激高《げっこう》したので圭人は怯《ひる》んだ。大智は我に返ったように舌打ちして顔をそらす。

「画廊の店主ごときがなんで俺の救いになるんだよ、バカバカしい。出て行ってくれ」

　小ばかにしたように喉《のど》の奥で笑い、大智は圭人を追い出そうとした。圭人はそれでも負けじと声を張り上げた。

「お前は彼に会うべきだ！　国立劇場の近くに画楽多堂っていう画廊がある。そこにRAKUの絵が飾ってあるから。気が向いたら、あの人の絵を見に行ってみるといい！」

「RAKU？」

　大智の声が怪訝なものに変わった。この名前に愛着があるのは圭人よりも大智の方だ。引っかかって当然だ。

　圭人は黙って風呂敷包みを開く。絵を傷つけないように丁寧に掲げて見せると、大智の表情が愕然《がくぜん》とした。

「RAKUの絵だ。これを見てなにも感じないようなら、お前は本当に絵の才能がないってことだ」

「……っ」

　圭人自身、自分がなぜこんなことを言い出したのか理解できなかった。大智が楽真に会っても、年齢的に高祖母の絵を描いたあのRAKUだと思うわけがない。それでも画楽多堂に飾られた数々の絵は大智の心を動かす十分な魅力がある。

　大智を救う術《すべ》があるなら、なんにでもすがりたかった。

「この絵……番町にあった来栖邸じゃないのか？」

「え？」

思いもかけないことを言われて、圭人は急いで絵を自分に向けた。確かに、外観が前来栖邸に似ている気がする。

この白亜の邸が旧来栖邸だとしたら、圭人が懐かしさを感じたのもわかる。もちろん本物の邸を見たことはないが、昔、母に写真で何度か見せてもらったことがあるからだ。

「この絵をＲＡＫＵが描いたっていうのか……。いったい、何者なんだ」

大智が額縁に手を伸ばそうとしたので、圭人はとっさに絵を引っ込めた。

「触るな！」

「はっ？」

「あ、いや……」

今さら気がついたが、自分はこの絵に独占欲を抱いているらしい。たとえ大智であっても他の人間が触れるのはいやだった。

楽真の絵は人を魅了するだけではない、虜《とりこ》にしてしまう何か不思議な力があるようだ。

「ご、ごめん」

慌てて謝ったが、あからさまに気分を害した大智は、罵声と共に圭人を部屋から追い出した。

「大智！」

「うるせぇ！」

鋭い声が返ってきて、圭人は肩を落とした。

……失敗した。

弟はただでさえ繊細なのだ。はねのけるような拒絶の言葉は吐くべきではなかった。

「それに、機密事項を守れないなんて……。俺、刑事失格だな」

圭人はごちゃごちゃになった感情を持てあましてキャンバスに目を落とした。

◇

来栖大智が家を抜け出したのは早朝六時過ぎだった。

本当はあまり人に会いたくないので深夜に出掛けたかったのだが、さすがに画廊も開いていないだろう。

一応、自分が外に出られるギリギリの時間を見計らったが、それでも開いている確率は低いかもしれない。それなら、店の近くにある人が少ない路地にでも入って、開くのを待っていればいい。

それほどに、どうしても見てみたいのだ。『ＲＡＫＵ』という画家が描いた他の絵を。

兄から見せられた絵には心が震えた。一筆一筆が緻密《ちみつ》で繊細で、高祖母の絵と同じく大智の理想全てが詰め込まれているような技術と感性だった。

兄に『RAKU』に会ってみろと言われた時は反発もしたが、やはり彼への探究心は抑えられなかった。『RAKU』とは何者なのか、どうして彼の絵はここまで人を惹《ひ》きつけるのか。なんとしてもそれが知りたかった。

国立劇場近くまで来たものの、大智は画廊を見つけられずにうろうろするはめになった。人に聞く勇気もないので途方にくれていると、不意に見知らぬ男に声をかけられた。

「どうされました？　なにかお探しですか？」

「――っ！」

怯えて振り向くと、きっちりとダークスーツを着込んだ金髪の男が、妙に紳士面《づら》して立っていた。

普通なら男に違和感を覚えるところだが、久々に家族以外の者と話す大智はそれどころではなかった。必要以上に視線をさまよわせ、挙動不審になりながらも『RAKU』に会いたい一心で画廊の場所を聞いてみた。

「それなら、国立劇場の……」

幸い男は画楽多堂を知っているらしい。やけに詳しく道案内をしてくれた。

「あ、ありがとうございます」

どうにか辿《たど》り着けそうなので、おどおどと礼を言うと、男は爽《さわ》やかな笑みを浮かべて優雅に一礼した。

「お気をつけて」

そう言って去って行く男を、大智はポカンと見送る。

一人になり冷静になってみると、やはりあの男はどこか浮いていた気がする。

（って、俺も人のこと言えないか……）

浮いているというなら、どちらかというと自分の方だろう。

自虐《じぎゃく》的になりながら大智は男に教えてもらった道を進む。赤煉瓦造りの小さな店を見つけた頃には、残念ながら人びとが出勤する時間になっていた。

ずっと引きこもっていた自分には、スーツを着たサラリーマンの姿がやけに眩《まぶ》しく見えた。後ろめたさと劣等感がない交ぜになったような嫌な気持ちだった。

3.

画楽多堂の裏には、楽真とその主人、剣上総が暮らす豪奢《ごうしゃ》な屋敷が建っている。

常人には見えないその屋敷は、数寄屋《すきや》造りの日本家屋で、二人で暮らすには少々大きい。

だが、ここにはいろんなあやかしたちが訪れるので広さを持てあますこともなかった。屋敷は結界によって守られていて、画廊以外は上総に許された者しか出入りができないようになっている。たとえ楽真でも勝手に客人を呼ぶことはできないのだ。

茶の間でのんびりとお茶を飲んでいた楽真は、上総と共に部屋へ入ってきた男に視線をやった。

縞《しま》模様の着物を着流し、ちょんまげを結った姿は、まるで時代劇に出てくる町人だ。眉は太く鼻は鷲鼻《わしばな》、髭《ひげ》が濃いのかうっすらと顎《あご》のあたりが青くなっている。

彼は釜戸守《かまどまも》りというあやかしで、昔から釜戸の神様として人々に敬《うやま》われてきた存在だ。妖力が低いので霊力のない人間には姿が見えない。

「――なぁ、釜戸兄さん、猫又は吐いた？」

「兄さんじゃなくて、姉さんとおっしゃい」

釜戸守りは目を吊り上げておしとやかに畳《たたみ》の上に正座した。外見はいかつい男だが、彼の心は乙女《おとめ》だ。

あやかしの頭目であり、悪さをするあやかしを狩ることを使命としている上総の眷属《けんぞく》は数多《あまた》いるが、その上下関係は厳しい。後に眷属になった者は先に眷属になった者を兄さん、姉さんと呼ばなければならないのだ。楽真は一番下っ端なので全ての眷属を兄さん姉さんと呼ぶのだが、この釜戸守りは呼び方を間違えたら怒るので厄介《やっかい》だ。

「もう面倒くさいから釜戸守りって呼ぶ」

「あんた殺すわよ」

釜戸守りはちゃぶ台の上の楽真の頰をムニーと引っ張った。

「いたいって！　放せよ。兎三郎兄さんも釜戸守りも乱暴なんだよ。すぐに手を出すんだから」

「やぁよ。あんたのほっぺ、もちもちでかわいいんだもの。すりすりしたいわ」

「やめて！　あんた髭濃いから本当にやめて」

「んまぁ、酷い！　かわいくない子ね」

釜戸守りはプリプリと怒ってちゃぶ台の上に頰杖をついて唇を尖らせた。

「釜戸守り。こんなアホをいちいち構ってんじゃねぇよ、猫又はどうなったんだよ猫又は」

兎三郎が偉そうにタンタンと短い足を鳴らす。今さらのように釜戸守りは「そうそう」と身を乗り出した。

「あいつ、けっこう頑《かたく》ななのよー。自分は雇われただけで、オークションの主催者の正体はまったく知らないの一点張り！」

「そうか。上総様やお前が直々に取り調べても吐かないとなれば、あの猫又は本当にあやかしオークションの黒幕を知らないのかもしれないな」

「でしょうねぇ」

釜戸守りは捕縛したあやかしの聴取を得意としている。いったいどんな方法で吐かせるのかは謎だが、彼の落としたあやかしは数知れない。『落としの釜さん』と異名をとる彼……いや、彼女にも屈しないとなると、猫又は本当に詳しいことを知らないようだ。

「困ったわぁ。あやかしオークションなんてバカなことする奴はとっとと捕まえたいのに」

「俺の方も成果はほとんどなかったしなぁ」

楽真は悔しさを滲ませる。わざわざ拉致までされて潜入したのに、競売にかけられるまで目隠しや鎖で拘束されており、舞台に上げられた後は必死だったので、兎三郎しか見ていなかった。そのため、手がかりはほとんど入手できなかった。

今回、競売人を捕らえることができたとはいえ、奴がただの雇われ者なら、大がかりな捜査は徒労に終わったことになる。

「――本当に黒幕は何者なんだろうな」

「寿命を欲しがるあやかしはそれなりにいるものねぇ。範囲が広すぎるのよ」

人間、またはあやかしの寿命を欲しがる者はたくさんいる。己の寿命にプラスして長く生きようとしたり、単純に寿命を妖力に変えたりするのだ。中でも一番厄介なのは寿命を喰《く》う奴だ。そういう輩《やから》は生きるためにあやかしよりも手を出しやすい人間を狩るので、襲われて命を落とす者も後を絶たない。

「――なんにせよ、オークションは相手に喜んで寿命を差し出してもらえるシステムですものね。狩りをするよりも簡単だわ。……知能犯よねぇ。昔じゃ考えられない手だわよ」

「あやかしの悪さも進化してるんだよな」

楽真でさえ、二百年もの時の目まぐるしい変化についていくのがやっとだ。千年以上生きている上総は現代にちゃんと対応できているのだろうか。

チラリと上総を盗み見ると目が合った。言葉にすると兎三郎に怒られそうだったので、楽真はごまかすために急須にポットのお湯を入れた。

「そ、それにしても、あやかしを落札する人間がいるなんて正直驚きだよな」

「そうでもないわよ。昔からあやかしを呪いの種にしたり、うまく操って下僕にする人間もいたしね。陰陽師《おんみようじ》とか！　案外人間の方が怖かったりするのよ。――あっ、でも、中にはオカルトが好きなだけであやかしを飼おうとする軽率な奴もいるわね。そういった類《たぐい》は逆にあやかしに食い物にされちゃってるけど」

「そうか……」

代価は自分の寿命なので、まともな人間なら割に合わないと思うが、マニアの世界は違うらしい。楽真には理解できない話だ。

一番先に上総のもとへお茶を置くと、茶柱が立っていたので少し嬉しかった。思わず顔に出る楽真に苦笑して、上総はお茶を返してくれた。これは楽真が飲んでもいいということだろう。

「――釜戸守り、ご苦労だがもう少し猫又の聴取に力を入れてくれ。黒幕の正体は知らなくても、もっと絞れば手がかりがなにか出てくるかもしれないからな」

「はい、お任せください！」

上総の言葉に、釜戸守りが襟《えり》を正すように返事をした。

「まぁ、とりあえず一服してからな」

楽真が人数分のお茶を入れたその時だった。チリリンと風鈴のような音が屋敷内に鳴り響いた。

「あ、お客さんだ」

喜々として楽真は立ち上がる。この音は画廊に客が来た時に屋敷で鳴るようになっているのだ。

「珍しいな、お前の画廊に客なんて。しかもこんな朝早く」

上総の肩に乗った兎三郎に嫌味を言われたが、楽真は舌を出して茶の間を飛び出した。

「少し席を外すから。何かあったら呼んで」

ヘラッと笑って手を振ると、釜戸守りがお茶を一口飲んで噴き出した。

「ちょっと、あんた。これ渋すぎるわよ！　いったいいつになったらお茶くらいまともに入れられるようになるのよ！」

「いらっしゃいませー」

満面の笑みで画廊に顔を出すと、やけにおどおどとした青年が心細げに出入り口に立っていた。青年は楽真の顔を見るなり緊張した様子でぼそぼそと口を動かした。

「あ、あの……。この画廊の絵を見せてもらおうと思って」

「あ、あー。絵は売らないけど」

「はぁ……」

あまりにも青年が挙動不審なので、楽真はふと眉を寄せた。それに怯えたのか青年が踵《きびす》を返そうとしたので、慌ててその手を掴む。

「待って、お客さん。あんた、どっか悪いところある？」

「え？　わ、悪いところ？」

面食らっている青年の顔を、ぶしつけにじっくりと覗き込むと、彼は大きくのけぞった。

「な、なんなんだよ」

「身体を壊したりとかしてる？」

「い、いいや」

「……」

楽真は青年の顔から目を離さずに、画廊の中を指でさした。

「見てっていいよ」

「……い、いいのか？」

「こんな早朝に来る理由があんたにはあるんだろ。また別の日に来いって言っても、たぶんあんたは来ない」

　これは合っている。

　見たところ、彼は家から出るのさえ、ものすごい労力を使ったはずだ。もう一度ここに来いと言われても無理だろう。

「どうぞ」

　楽真が促すと、青年は素直に画廊の中を回りだした。

「……すげぇ」

　突然、青年が饒舌《じょうぜつ》に語り出した。

「ここはまるで楽園だな。いろんな世界の風景がリアリティを持って精神を包み込んでくる。太陽があればその熱を。緑があればその匂いを。風が吹いていればその清涼感を五感全てで感じさせてくれる……。これを描いた奴は天才だな」

　青年はしばらく絵にかじりついていたが、やがて楽真を振り返った。

「こ、ここの絵にはみんな『ＲＡＫＵ』のサインがある。ＲＡＫＵはどこにいるんだ？」

「ＲＡＫＵは俺だけど」

さらりと言うと、青年は眉を寄せた。

「おい、からかってんじゃねぇよ。本物のＲＡＫＵはどこなんだよ」

「だから、俺」

「あんたのわけがないだろ！　俺の家にもＲＡＫＵの絵がある。それが描かれたのは昭和五十年だ。少なくともＲＡＫＵはけっこうな年寄りのはずなんだ。あんたのわけねぇだろ！」

「あ、あー。それはなー。たぶん襲名制のようなそうでないような？」

へたなごまかししかできない楽真に、青年は突然激高した。

「ふざけんな！　どうせ真面目に答えるのがバカらしいとか思ってるんだろう！　どいつもこいつも俺をバカにしやがって！」

まるで獣《けもの》のように青年が吠《ほ》えた。感情が制御できていないようだ。

顔面が真っ赤になり、人相は別人のように鋭い。歯がみをして唸《うな》る姿は興奮して威嚇する野犬そのものだ。

「お、おい……」

「ああああああ！」

青年は手近にあったイーゼルを怒り任せに引き倒した。

「おい！　なにしてんだよ！」

大切な絵を乱雑に扱われ、楽真は憤然《ふんぜん》と抗議する。

それでも構わずに青年は次々とイーゼルを倒し、額縁を床に叩きつけた。

「やめろ！　落ち着けって！　どうしたんだよ」

必死に止める楽真を突き飛ばし、青年は奇声を発しながら画廊中を暴れまわると、とうとう部屋の奥にある黒色の扉に手をかけた。

「そこはダメだ！」

とっさに制止するが、青年は構わず扉を開け放ってしまった。

——瞬間。

扉の奥から突風が吹いた。怯む乱暴者を引き込むように風は逆に流れ青年を部屋の中に引きずり込む。

「な、なんだ……」

ねっとりとした禍々《まがまが》しい空気に絡め取られ、青年は身震いした。

「おい！　大丈夫か」

後を追って部屋に入った楽真を無視し、青年は何かに誘われるようにゆっくりと歩を進めだした。すると、おぞましい容姿の化け物が突然青年に覆《おお》い被さった。

「うわあああ！」

あまりの恐怖に青年は絶叫したが、それが半紙に描かれたあやかしだと気がつくと少し落ち着きを取り戻した。覆い被さってきたと感じたのは絵に描かれたあやかしたちの圧のせいだ。

　ここは生々しくもおどろおどろしいあやかしの絵ばかりを飾ってあるギャラリーだ。楽真でさえこの部屋がどこまで広がっているのかわからない。ともすれば無限だ。生身の人間が長居していい場所ではない。

「なんだよ、これ……」

　怯える青年の腕を楽真が摑む。

「だから、やめろって言ったのに！　お前自分がなにをやってんのかわかってるのか⁉」

　叱咤《しった》しながら青年を画廊に引き戻し、急いで黒い扉を閉める。威圧感に溢《あふ》れていた重たい空気が一気に和らいだ。その場にへたり込む青年の目線に合わせるように楽真は腰を落とした。

「あんた、この扉が見えるんだな……。名前は？」

「く、来栖大智……」

「来栖？　まさか、お前圭人の……」

「圭人は俺の兄貴だ……。兄貴がここに行けって言うから……」

「圭人が？　……お前、絵が好きなのか？」

　つとめて優しい声音で尋ねると、大智の目から不意に涙がこぼれ落ちた。

「好きだ。好きで好きでどうしようもない。でも、誰も理解してくれない。家族の中で俺は単なる落ちこぼれなんだ。ここに来てみて、いやでも実感したよ。俺には才能がない。一生かかっても、ＲＡＫＵみたいな絵は描けそうにない……」

「まぁ、そうだな。お前には描けないだろうな」

楽真の言葉に、大智は唇を嚙《か》み締めた。

「天才が凡人をバカにしてるのかよ」

「え？」

「う……ううう！　うわあああ！」

敗北感に耐えきれなくなったのか、大智は楽真を突き飛ばして画廊を飛び出した。

「お、おい！」

楽真は慌てて大智の後を追ったが、街の雑踏に紛れて彼の姿は見えなくなってしまった。

「……あれ、絶対にまずいだろう」

険しい顔のまま楽真は急いで画楽多堂に戻った。

「上総！」

大智が逃げ帰った後、楽真は画廊の片付けもせずに屋敷に駆け込んだ。

深刻な顔でなにやら話し合っていた上総と釜戸守りの視線がこちらを向いたので、楽真は返事も聞かずにまくしたてた。

「今すぐ来栖圭人を呼んでくれ！　連絡先を知ってるだろ？　知らないなら俺が直接警視庁に乗り込む！」

「落ち着け、何があった」

とりあえず宥《なだ》める上総に、楽真はことの次第を聞かせてやった。すると兎三郎が両腕を組んで神妙に頷いた。

「――なるほど、で、お前は店をめちゃめちゃにした弟の文句を言いに主人を呼びつけるってわけだな。任せとけ。俺も大説教をかましてやらぁ」

「違うよ！」

兎三郎らしい解釈の仕方に脱力して、思わず楽真は怒った。

「店はどうでもいい。問題は圭人の弟の方だ。あれは普通の人間じゃない気がする。憑き物がついてんじゃないかな？」

上総の顔つきが厳しいものに変わった。

「憑き物？　あやかしか？」

「それは、わかんねぇけど……確かめる前に、店を飛び出して行っちゃったから……それに、死相が出てた」

「死相……？」

「きっと、もう長くない」

「そんなに酷い状態なのか」

「うん」

上総はおもむろに携帯電話を取り出した。あやかしを呼び出す時は使い魔を使うが、人間相手はこれが一番早い。二言、三言話した後、上総は電話を切る。

「すぐ来るそうだ」

「そう、よかった」

「主人の弟の名前は？」

「確か……大智！　来栖大智って言ってた」

「来栖大智？」

上総の片眉がわずかに上がった。

「上総様！」

釜戸守りが慌てたように数枚が綴《つづ》られた書類を差し出した。

どうしたのかと楽真が尋ねると、上総は黙って書類を渡してくれた。そこには幾人ものあやかしと人の名前が記されている。そして、並んで記載されているのは年数だ。

「これは？」

楽真が書類から顔を上げると、釜戸守りが神妙な顔をして言った。

「さっき猫又がようやく吐いたの。黒幕の正体はやっぱりわからないけど、それはあやかしオークションで競《せ》り落とされたあやかしのリストよ。最後の頁を見てみて」

「え？」

釜戸守りは紙を数枚めくって、上の方に記されている名前を指さした。

「来栖大智。彼は二カ月前にオークションであやかしを競り落としてるわ」


呼び出してから三十分もしないうちに主人は画楽多堂にやってきた。さすがに画廊で込み入った話はできないと思い、楽真は彼を結界内の屋敷へと案内した。

最初は屋敷を物珍し気に見ていた主人だが、弟の話を聞くなり驚いて恐縮してしまった。

「……すみません。昨夜、俺が弟に楽真さんに会いに行けって言ったんです。まさか店で暴れるなんて、とんだご迷惑をおかけしました」

「謝らなくていいよ。それよりなんで俺に？」

「すみません……」

主人はただ頭を下げるばかりだ。

「――来栖、理由があるなら言ってみろ」

改めて上総に問われて、圭人は項垂れたまま頷いた。

「俺の弟は画家を目指していまして、それで家族とうまくいってなくて、最近は酷い引きこもりになっていたんです。楽真さんに会って絵を見ればなにか変わるような気がして……」

「なんで俺の絵なんだよ？」

「これを見てください」

圭人が客間のテーブルに古びた新聞記事と写真を並べた。彼もこちらに聞きたいことがあったのか、あらかじめ用意していたようだ。

「なんだこれ」

覗き込んだ楽真の顔色が変わる。

「……どうしてお前がこれを」

「やっぱり、この写真に写っている人物は楽真さんなんですね？」

「……」

「大正、昭和と活躍した大女優、来栖月歌は俺の高祖母です」

「……っ！」

楽真は仰天して上総を見た。上総は軽く頷いて楽真に落ち着くように促す。

「『背景絵師と役者を両立する美丈夫』――新聞は、あなたのことをそう書いています。

それと、来栖家には亡くなる前に高祖母の絵を描きに来た謎の絵師の話が伝わっているんです。俺はこの二人は同一人物じゃないかと思ってます。……楽真さん、あなたですよね？」

「圭人……」

「俺の弟はあなたが描いた高祖母の絵に、いい意味でも悪い意味でも執着しています。あなたのような絵を描きたいと思うあまり、とうとう心を病んでしまった。――だから、俺は言ったんです『ＲＡＫＵ』に会えと。……あなたに会えば、弟が変われる気がして……」

「ちょっと待て」

楽真は続く言葉を手で制し、厳しい表情で圭人を見据えた。

「きっかけは俺の絵なのかもしれないが、お前の弟が心を病んでいるのはそれだけが原因じゃない」

「――え？」

「……大智には、死相が出てるんだよ」

「は？　し、死相？」

圭人はギョッとして声をひっくり返した。

「弟は引きこもってはいますが健康体のはずです。身体だけは昔から丈夫で風邪もめったにひいたことがないんです。なのに、死相って……」

「あいつには憑き物がついてるんだ」

「つ、憑き物？　……それはなんなんですか？」

「あやかし、神霊、動物霊、人霊――。人間に取り憑くものなんていろいろあるさ」

「そんな……」

楽真はオークションのリストを圭人に手渡した。

「見てみろよ、ここにお前の弟の名前がある」

「……大智の？　まさか！　なぜ弟があやかしオークションなんかに参加してるんですか」

「それはこっちが聞きたいよ！」

圭人はパニックになっていたが、ふとなにかを思いついたように目を見開いた。

「ひょっとして、オカルト雑誌の取材？」

「オカルト雑誌？」

「……大智はある出版社に勤めていたんですが、確か配属先はオカルト雑誌の編集だったと……理由も言わず一年ほどで辞めてしまいましたけど……」

ポツリポツリと説明する圭人に、上総は嘆息して視線を投げた。

「――オカルト雑誌の編集部にいたなら、オークション会場に潜入できても不思議じゃない。ああいった雑誌はアンダーグラウンドに詳しいからな。あやかしと繋がってる人間もそこそこいるだろう」

「上総さん……」

「そういうことなら全ての辻褄《つじつま》が合うな」

「あの……弟はオークションで何を競り落としたんでしょうか？」

「来栖大智がオークションで入手したのは犬神だ」

「い、犬神……？」

犬神がなんなのかわかっていない圭人の肩を楽真が強く摑んだ。

「犬神ってのはな、元は人間が呪詛《じゅそ》に利用するために惨《むご》い殺し方をした犬の成れの果てだ。恨みを抱いたまま死んだ犬は、あやかしとして生まれ変わって人や家に取り憑く。犬神に憑かれた者は心の闇《やみ》を増幅させて情緒不安定になるんだ。異常に嫉妬《しっと》深くなったりして、誰の言うことも聞かなくなる。……おまけに、憑かれた者は、最後には犬神に取り殺されるんだ」

「と、取り殺され……？　そんな……た、確かに、弟は犬を拾ってきましたけど……。そういえば、あの犬が来た頃に出版社を辞めてしまったと母が言ってました……。あげくの果てにはしょっちゅう家で暴れて手がつけられなくなって、外にもほとんど出なくなったし……。う、嘘《うそ》だろ、あいつの奇行があやかしのせいだったなんて……！」

あまりにも衝撃だったのか、圭人の口から大きな独り言が漏れる。楽真は憐《あわ》れむように目を細めた。

「……それ、弟は自分から仕事を辞めたんじゃないな。気づかないうちに犬神に辞めさせられたんだ」

「そうなんですか？」

「犬神は取り憑いた者を社会から遠ざけて、孤独に追いやるんだよ。そして徐々に精神を蝕《むしば》んでいくんだ」

「で、でも、大智がオークションに参加してたとしても、なんであいつはあやかしなんか競り落としたりしたんですか？」

「それは、本人に聞いてみるしかないだろ」

「――楽真の言う通りだ」

おもむろに上総が立ち上がった。

「オークションで犬神を競り落としたなら、自分の寿命を対価にしたということだ。犬神の妖力も相まって極めて危険な状態だ。顔に死相が出ていたなら、もう時間がないとみていいだろう。――楽真、来栖。二人ともついて来い」

「わかった」

「は、はい！」

「来栖、弟の居場所はわかるか？」

「た、たぶん実家に……あいつはほとんど家から出ないんで。画楽多堂に来たのも奇跡みたいなものですから……」

一応、確認してみますと告げて、圭人はスマホを取り出した。家人と会話していた圭人の顔がみるみる蒼くなる。しばらくして圭人は呆然《ぼうぜん》と電話を切った。

「どうした？」

「大智が家に帰るなり酷く荒れだしたらしくて。今までにないぐらい暴言を吐いたり暴れたりしているそうです。……もう何を言っても聞く耳を持たないようで」

「まずいな、それ」

「――急ぐぞ！」

上総が兎三郎を連れて足早に客間を出る。

「待てよ、上総！」

楽真と圭人は揃って彼の後を追った。


圭人が運転する車は、急発進で画廊の駐車場を飛び出した。

「実家は近いのか？」

「はい、そう時間はかかりません」

後部座席から運転席に顔を出した楽真は、いったん落ち着いて座席に戻った。横には上総が並んで座っている。

　チラリと映った窓ガラスの顔は、自分でもわかるくらい不機嫌な顔をしていた。それがすましている上総との対比のように感じて楽真は苛立った。

「……まさかと思ってたけど……圭人が月歌嬢の子孫だったなんてな……」

「そうだな」

「世間って案外狭くてびっくりするよ。でもなんだってこんなことに……！」

　楽真はギリッと歯がみをして、拳《こぶし》を握り締めた。

「少し落ち着け、楽真」

「落ち着いてるよ！　でも、来栖大智にはものすごく腹が立つ……！　寿命と引き替えにあやかしを買うなんて……命を粗末にするようなマネをどうしてするんだ。せっかく月歌嬢から受け継いだ命なのに……無駄にするなんて許せない」

「――」

　ふと、上総は楽真の頭を優しく撫でた。癇癪を起こしかけている子供を慰めるような表情だ。これをされると不思議と怒りが和らぐ。なんだか自分がひどく単純な気がして楽真はむっつりと黙り込んだ。

　後部座席が静かになったのを見計らったのか、圭人が運転席から声をかけてきた。

「あの、楽真さんは俺の高祖母とどういう関係なんですか？」

「関係もなにもねぇよ。ただ……」

一瞬躊躇《ちゅうちょ》したが、楽真は溜め息をついて淡々《たんたん》と語り出した。

「大昔……大正中期頃だったかな……月歌嬢の父親が建てた劇場に怪事件が起こったんだ。……当時は『来栖劇場の怪』なんて騒がれて劇場の存続が危ぶまれるくらいだったよ」

それは、役者や常連客が失踪《しっそう》したあげくに、支配人が惨殺《ざんさつ》死体で見つかるという怪奇事件だった。犯人は一応、劇場の広告画家を務めていた南宗二《みなみそうじ》という男になっている。彼の失踪によって、消えた被害者たちの行方もわからないままになってしまった半分未解決の事件だ。

だが、実際は未解決などではない。

当時、事件にあやかしが絡んでいると踏んだ上総は、失踪した背景画家の代わりとして楽真を劇場に潜入させた。そこで月歌と親しくなったのだが、暴いた真相は楽真たちの予想をはるかに上回るものだった。

『来栖劇場の怪』を起こしていたのは、月歌がとても気に入っていた一枚の絵画だった。元々劇場に飾られていた絵が付喪神へと変貌し、悪心を抱いたのだ。奴はあやかしであるにもかかわらず人間の月歌に恋をしていた。そして、その情念に突き動かされるままに彼女へ言い寄る男たちを片っ端から食い散らかしていたのだ。

しかし、楽真たちが本気で驚いたのは、あやかしの正体そのものではない。普通の人間である南宗二が、殺人事件をただの失踪事件に見せかけるために遺体の残骸《ざんがい》を自《みずか》らの手で片付けていたという事実だ。

月歌に報われない恋情を抱いていた宗二は、恋敵を次々と消してくれるあやかしに感謝さえしていた。今思い返してみても、あれは人としての理性を失った異常な行動だった。

「──えっ？　ちょ、ちょっと待ってください。じゃあ、その宗二って男は大智みたいにあやかしに憑かれていたわけじゃないんですか？」

「……ないよ。全てあいつの意思でやったことだ」

「そんな……」

「──まぁ、楽真はよ、お嬢様に好かれてたから、あやかしたちのいいターゲットにされててな。俺たちはこれ幸いと囮《おとり》に使ってやったんだが、こいつ、友人だと思ってた宗二にまで殺されそうになってよ、当時はえらく落ち込んでたんだぜ」

「うるさいな」

兎三郎がからかい口調なのは、神妙になるより空気を軽くした方が楽真の古傷をえぐらないと思っているからだろう。付き合いが長くなければ彼の思いやりを悟れずにケンカになっているところだ。

「じゃあ、南宗二は結局……」

「最後にはあやかしに喰われちまったっけな……。あやかしは上総様が華麗に退治して一件落着だ」

「俺も活躍しただろ」

「そうだったっけかなぁ、俺の記憶にはねぇなぁ」

「兎三郎兄さん！」

ケケケッと笑う兎三郎が小さく舌を出す。しばらく頭の整理をしていたのか、圭人が息を吐いてようやく口を開いた。

「驚きました。そんな人間もいるんですね。――あの……高祖母と楽真さんは恋人だったんですか？」

「友達だよ、友達！」

「――まぁ、お嬢さんの方は楽真にゾッコンだったけどな」

上総の肩に乗っている兎三郎がしれっと付け足す。余計なことを言うなと上総が兎三郎を叩いた。

「……高祖母の片思いですか」

「っていうか、基本的に俺はあやかしだからさ。人間と恋はできないよ」

「――なるほど」

楽真と月歌の間にはいろいろと切ない想い出がある。一言では語れないのだ。圭人も察してくれたのかそこに関してはあまり深くは聞いてこなかった。

「話していただいてありがとうございます……。当時のことは想像するしかありませんが、高祖母は楽真さんや上総さんに感謝していたんでしょうね。もしあなたたちがいなければ、来栖月歌は女優としてこれほど名を馳《は》せていなかったかもしれません」

「……」

圭人に感謝されても居心地が悪いだけだ。もう百年以上昔の事件なのだから、子孫にまで礼を言われることではない。

「……もう一つ聞いてもいいですか？　楽真さんはなぜ高祖母が亡くなる直前に絵を描きに来たんですか？」

「それは……」

答えにくい質問に、言葉が詰まる。

車内が沈黙に包まれているうちに、高輪の住宅街で車が止まった。

「お二人とも、着きました」

「ああ」

画楽多堂にやってきた時、大智は敵意に溢れながらも、全身で子供のように泣いていた。精神を蝕まれ、今もさぞ苦しい思いをしていることだろう。早く犬神から解放してやりたい。

楽真は大きく深呼吸をして気を引き締めた。

4.

来栖邸からは物が壊れるような音と、激しく言い争う男女の声が聞こえていた。

内部は切迫しているのだろう。

「通報もしてないんだな」

楽真の言葉に、圭人は寂しそうに首を振った。

「身内の不祥事は母が一番恥とすることなので。来栖の名に傷がつくくらいなら、どんなことでも耐える人なんです」

彼の表情から察するに親子の関係はあまりいいものではないらしい。

「どうぞ、こちらへ」

圭人が急いで門扉を開け、楽真たちを家の中へ招き入れた。

「酷いな……」

玄関を開けたとたん、楽真は顔をしかめた。

「死臭と野良犬の匂いが混じったような、酷い臭気だ」

「え……？」

圭人にはこの臭いがわからないようだ。

「綺麗好きな母のために、毎日家政婦が丁寧に掃除をしてくれているんです。間違ってもそんな悪臭はしないはずですが」

「――妖気だよ」

ポンッと上総に肩を叩かれ、圭人は納得したようだった。

「兎三郎」

「はい」

上総の一声に即答し、兎三郎がクルリと宙返りした。そのとたん、兎は美しい刀へと変貌をとげる。

「すごい……」

圭人が感嘆の声を漏らした。

上総の妖刀は刃渡りがスラリと長く、綺麗に反《そ》りがついている。一般的に想像する刀より少し大きく太刀の部類に入る。波形の流麗な刃紋が目を惹き、全体的にほれぼれとする秀美さだ。美術品としても一級品になるだろう。だが、鋭く力強い刃先はどこか乱暴者の兎三郎を彷彿《ほうふつ》とさせた。

――と、リビングからガラスの割れる激しい音がした。同時に女性たちの悲鳴が響き、圭人が弾かれたようにリビングへ走った。

「母さん！　楓！」

「お前のせいだ、お前のせいだー！」

　扉が開けっ放しのリビング内はメチャクチャに荒らされていた。怯えて部屋の隅で抱き合っている女性二人に向かい、今まさに大智がバットを振り下ろそうとしているところだった。

「やめろー！」

　圭人が大智を羽交い締めにして母親たちから引き離した。

「その女のせいで、俺の人生はおかしくなったんだ！　その女が俺を無視するから！」

「大智！」

　暴れる弟を持てあまし、たまらずに放り投げると、大智のバットが運悪く月歌の絵にぶつかった。額縁が壁から外れて床に落ち、ガラスにヒビが入る。それを見た大智の形相が、みるみる鬼面のように変わっていく。口角から犬歯のようなものが覗いた時は、さすがの楽真もギョッとした。

「この絵さえなければ……この絵さえなければ俺はー！」

　大智のバットが月歌の絵に振り下ろされた。額縁のガラスが割れて飛び散る。己の頬がガラスで傷ついても、大智はバットを振り下ろし続けた。

「やめろ！」

　月歌が傷ついていくのを見ていられず、楽真は後先考えずに絵の上に覆い被さった。

「楽真さん!?」

絵を庇《かば》った楽真の左肩に、バットが振り下ろされた。

「ぐっ！」

「──楽真！」

「どきやがれ、クソガキ！　ぶっ殺されてぇのか！」

絵の上からどこうとしない楽真に暴言を吐き、大智は再びバットを振り上げた。無防備な頭を目がけて硬いバットが振り下ろされかけた刹那《せつな》、

「殺されたいのはお前の方だろう」

長い刀身が大智の喉元に当てられた。

「──っ！」

上総が構えた刀が、今にも大智の首をかき切らんばかりに鈍く光っている。

「か、上総さん……」

本当に大智の首を斬《き》りかねない殺気を感じて、圭人が慌てて声をかけるが、上総は一瞥《いちべつ》もしなかった。

「俺の眷属に傷をつけた罪は重いぞ」

チリッと大智の首に赤い筋が走る。上総の憤《いきどお》りは本物だ。普段、狩るべきあやかしと対《たい》峙《じ》している以上の圧迫感だ。上総が本気で怒ると、楽真でもなかなか宥めることはできな

い。

死を覚悟したのか、大智は全身に汗をかき、ガタガタと震えだした。

「……上総」

楽真が痛む左肩を押さえて上総のジャケットを掴んだその時、予想外のことが起きた。

何者かが上総に素早く飛びかかり、いきなりその腕を咬《か》んだのだ。

「――っ！」

「上総！」

とっさに上総が振り払ったのは、黒い雑種犬――犬神だった。

犬神は威嚇するように激しく吠えると、しまいには奇声のようなものを発してみるみる巨大化していった。

「きゃあああ！」

あまりの恐怖に女性二人は気を失ってしまった。だが、上総と楽真は動じない。

「ようやく本性を現したな」

フラリと立ち上がった楽真の腕を上総が取る。

「できるか？　楽真」

「利き手は無事だから平気」

楽真は腰袋から筆と高さ二十センチ程の長巻の和紙を取り出した。何をする気なのかと戸惑っている圭人の目の前で、上総が飛びかかってきた犬神を斬り捨てた。

　瞬間、大智が悲鳴を上げた。

「やめてくれー！」

　大智は上総の前に飛び出し、弱っている犬神を抱きしめた。

「こいつは俺の唯一の家族なんだ！」

「大智！　何を言ってるんだ。そいつはあやかしなんだぞ。そいつのせいでお前は……！」

「知ってるよ！」

　圭人の言葉を悲鳴のような大智の声が遮った。

「こいつがあやかしだって俺はちゃんとわかってる！　だけど、俺を裏切ったあんたが、こいつを悪く言う資格なんてねぇんだよ！」

「大智……？」

　大智はまるで犬神のように喉を鳴らして圭人を威嚇している。弟がなぜそこまで犬神に固執し実の兄である自分を突き放そうとするのか、圭人にはわからないようだ。

「俺がお前に何をした？」

「あんたは俺を否定した……」

「否定？」

「あんただけだったのに……俺の絵を心から褒めて認めてくれてたのはあんただけだった

……だから、俺は両親に認められなくても自分の才能を信じて描き続けていられたのに」

「大智」

圭人はハッとしたように、目を見開いた。

「あの時のことを言っているのか？」

圭人は大智の絵の才能を子供の頃から認めていた。芸術の才能のない自分には、彼の描く世界観が羨ましくもあり誇らしくもあった。

だが、大人になるにつれ、だんだんと現実が見えてくる。

『大智、もうそろそろ将来のことを真剣に考えたらどうだ？　就職のこともあるし……。企業とか調べたりしてるのか？　絵もいいけど現実も見ていかなきゃな。芸術じゃ食べていくのは難しいんだから』

こんな台詞《せりふ》を吐いたのは大智が大学三年の春頃だった。兄としてのごくありふれた忠告だ。これから先、絵で食べていける保証はなにもない。圭人にとっては当然のアドバイスだったが、大智はそう受け取らなかった。

「あんただけは俺の理解者だと思っていたのに……母親や父親に罵倒されても絵を続けてきたのはあんたの存在があったからなのに……あんたとどんなに比べられたって、俺にとっては大事な兄貴だったのに。あんたは俺の全てを否定したんだ！」

「ちが……」

と、その時犬神が泣くように吠えた。

彼の抱えていた闇が川の流れのように楽真たちに襲いかかる。

嘆き、苦しみ、嫉妬、孤独……。大智のあらゆる慟哭《どうこく》に呑《の》み込まれそうになりながらも、楽真はとっさに主人の腕を摑んだ。彼は弟の鬱屈《うっくつ》した負の感情の中に叩き込まれ、涙を流していた。

優秀だった一族の中で、幼い頃から卑屈に育ってきた弟。勉強もできず秀でたものがない彼は父や母からも見放され、ずっと孤独だった。唯一、好きだった絵さえも認められず、行き場を失った自意識は小さくなるばかりだ。

そんな中、圭人の存在は彼の中でどんなに大きかったか。だが、たった一つの不用意な言葉が大智と圭人の糸を切ってしまった。

大智は絶望の中、いったん筆を置いて出版社に就職した。そんなある日、取材の一環で訪れたあやかしオークションで犬神を見つけたのだ。汚れてみすぼらしい犬は、誰からも落札されず、あげくの果てには競売人に始末されそうになっていた。その姿が家族から見放された自分と重なった。誰からも見向きもされない自分とあの犬はよく似ている。気がつくと大智は己の寿命を差し出してしまっていた。

あれは、半分自殺だったのだ。

自分の人生など早く終わってしまえという自暴自棄な願いが、寿命を差し出すという緩やかな自死へと導いた。

「ああ……」

涙を拭《ぬぐ》った主人の腕を放し、楽真は声をかけた。

「弟を救えるのはお前だけだぞ」

主人は子供のようにコクンと頷いた。

威嚇し続ける大智たちの側に行くと、犬神は前足の爪を振り上げて主人を襲った。それを上総が剣で弾く。犬神を殺されまいとして大智が一層強く大きな獣の身体を抱きしめた。

「大智、ごめん」

主人は涙を流しながら犬神ごと大智を両腕で包み込んだ。

「……俺はお前の絵が大好きだよ」

「嘘つけ」

「嘘なんかじゃない！　俺は幼い頃からお前に憧れていたんだ」

「兄貴が俺に？　逆だろ」

「いいや。お前はすごいよ。あの時俺はお前にもっともらしいことを言って傷つけた。でもひょっとしたら、気づかないうちに俺はお前に嫉妬していたのかもしれない。……お前の才能と、夢に生きようとするまっすぐな姿勢に」

「……」

「それに……お前はずっと逃げなかった。子供を理解しようとしない最低な親と戦い続けてきた。俺にはマネできなかったよ」

「兄貴」

「俺は、あの両親から早々に逃げだした。だけど、お前は違う。必死に親と向き合って最後まで自分を理解してもらおうと頑張っていたじゃないか」

「……」

「お前は俺なんかよりずっと優秀で、勇気がある人間だ……。逃げ出した俺とは大違いだ」

「兄貴は賢いからな……俺は不器用なだけなんだ」

どこか自嘲《じちょう》を含んだ声に、圭人は激しく首を振った。

「いいや、違う！　俺はお前みたいに一生懸命には生きられない。親と向き合えなかった弱い人間だ」

「……」

「でも、もう逃げてもいいんだよ」

「兄貴……」

「両親には最後まで理解されないだろうけど、そんなことはどうでもいいじゃないか。十分だ大智。とっととこの家から出てもいいんだよ。自由になって自分の行きたい道に行けばいい。……戦わなくていいんだ」

「……」

大智は眉を寄せて俯《うつむ》いた。その時、女性たちが意識を取り戻した。

「母さん、楓！」

急いで圭人が駆け寄ると、母親は錯乱したように泣きじゃくり、圭人の胸に顔をうずめた。

「なんなの、あの子は！　どうしてこんなことになるのよ！　大智のせいで来栖家はめちゃくちゃだわ！」

犬神が大智から離れて母親に飛びかかった。噛み殺さんばかりに牙を剝き出しに襲われて、母親は悲鳴を上げる。

「上総！」

とっさに楽真が声をかけると、上総の姿が瞬時に変わった。額に二本の銀の角が生え、肩口で切りそろえられていた髪は腰まで伸び、黒い絹糸のように揺れている。

これが剣上総の本来の姿、鬼神だ。

上総は母親の前に飛び出し、犬神の牙を一刀両断にした。

『グギャアアアアア！』

雄叫《おたけ》びを上げた犬神は上総を力任せになぎ払おうとした。それを跳躍して素早く避けると、上総は犬神の額に深く妖刀を突き刺した。

『ギャアアアア！』

犬神は断末魔の悲鳴を上げ、地響きと共に床に倒れる。

「犬神！」

駆け寄ろうとした大智を主人は必死に止めた。

「ダメだ、大智。あれはお前の家族なんかじゃない。お前の心の弱さに付け込んだただのあやかしだ！」

「……でも！」

「お前の家族は俺だ！　俺がいる！　犬神なんかに奪われてたまるか！」

「兄貴……」

大智はその場に膝《ひざ》をついて、ピクリとも動かない犬神を見つめた。

「あやかしでもよかったんだ……。犬神……お前にどんな意図があったにせよ、俺はお前に救われてたよ……」

ポタリポタリと大智の涙が落ちる。

「ありがとうな、犬神……」

『クゥーン』

わずかに犬神の目が開いて返事をするように鳴いた気がした。

「楽真」

上総に呼ばれて、兄弟を見守っていた楽真は力強く頷いた。

「わかった」

楽真は大きく息を吐き出し、握った筆で長巻の上にスラスラと犬神を描き出した。一瞬で鮮明に描いたそれを掲げると、斬られて動けなかった犬神から黒い塊《かたまり》のようなものが浮き出てきた。そのまま塊が絵に吸い込まれ、犬神の身体は灰のようにサラサラと消えていった。

「……な」

「あんた、何者なんだ」

絶句する圭人たちに一瞬だけ視線を流し、楽真は長巻を丁寧にちぎって上総に渡した。

「相変わらず見事な絵だな。よくやった」

「今さら何言ってんだ。俺は『東洲斎写楽《とうしゅうさいしゃらく》』だぜ？」

圭人と大智が大きく目を見開いた。

「東洲斎……写楽？」

「冗談だろ」

東洲斎写楽は現代にあってもその存在が謎とされている二百年以上前の絵師だ。多くの者が一度は聞いたことがあるであろう稀代《きだい》の有名絵師の名が楽真の口からサラリと出て、周囲は仰天している。

「あの、楽真さん。写楽って……」

　主人が遠慮がちに声をかけてきた。楽真はニヤリとして名前のことにはあえて触れずに、筆をクルクルと回してみせた。

「驚いたろー。俺が生き物の絵を描くと、こんなふうにみんな魂《たましい》を吸い込んじゃうんだ。だから、生きているものは人だろうと動物だろうと描けない」

「……」

　主人は目を白黒させている。いろんなことがあって思考が追いついていないようだが、画楽多堂の絵が景色ばかりで人物画が一枚もない理由は理解できたらしい。

「上総が狩ったあやかしを描いて、紙に封印するのが俺の仕事。……絵は結界に囲まれた封印部屋へ飾っておく。お前が知りたがってたあの黒い扉の向こうがそうだよ」

「……」

　主人は言葉もなく、ただただ楽真を見つめている。

「……楽真さん」

「──さてと」

　楽真は腰に手を当てて息をつくと、大智の胸ぐらを摑んでいきなり殴りつけた。

「肩いてー！」

　自分で殴っておいてなんだが、バットで殴られた箇所に激痛が走り楽真は左肩を押さえる。それでもめげずに、今度は大智の反対側の頬を殴りつけた。

「――っ！」

大智は何が起きているのかわからず、仰天したまま楽真を凝視した。

「この、大バカ野郎！」

憑き物が落ちたような顔をしている大智に向かって、楽真は大声で怒鳴りつけた。

「お前な！　もう一回、俺をバットで殴ってたら、本当に上総に殺されてたぞ！　こいつ、俺のストーカーなんだから！　怒らせたら超怖いんだから！」

そっち？　と目を丸くした圭人の横から、兎三郎の蹴りが楽真の後頭部に飛んだ。いつの間に妖刀から兎に戻っていたのか。気づけば上総も人の姿に変わっている。

「上総様をストーカー呼ばわりしやがって！　てめぇぶっ殺すぞ！」

「痛い！　痛いって、兎三郎兄さん！　ごめんなさい！　上総、助けて！」

兎三郎の激しい連蹴りに泣く楽真に請われて、上総が兎の首根っこを掴む。

「兎三郎、お前は乱暴すぎる」

「ですが上総様。楽真の野郎があまりにも無礼で！」

「今は好きに言わせてやれ」

「なぜですか！　だいたい、上総様はこいつに甘すぎます！　そんなんだから――っ！」

上総は兎三郎の口を手で塞いで無理やり黙らせた。

楽真はホッとして後頭部をさすると、呆然と座り込んでいる大智の目線に合わせて腰を落とした。

「……あのな。どんな事情があるにせよ、命を粗末にするなよ。オークションで寿命を三十年も取られるなんて……本当に、この大バカが。先祖に詫《わ》びろ！」

「……俺の勝手だろ」

大智は気まずそうに楽真から顔をそらす。苛立った楽真がもう一発殴ってやろうかと思っていると、圭人が慌てて二人の間に入ってきた。

「――あの、弟の寿命は戻らないんでしょうか？」

楽真は緩く首を横に振った。

「犬神に奪われかけてた魂と精神は取り戻したが、オークションでの取引は無効にならない。寿命を元に戻すにはオークションの黒幕を捕まえて退治するしかないだろうな」

「……そんな」

大智はまだ若いが、三十年も寿命を奪われてしまっては早死には必至だ。

激しい徒労感に襲われている圭人をどかせて、楽真は腫《は》れた頬をさすっている大智に優しい眼差《まなざ》しを向けた。

「――大智。お前の曾々《ひぃひぃ》ばあさん……月歌嬢はさ、すんげー努力家だったんだぜ？　伯爵令嬢なのに舞台女優になりたいなんて無茶な夢を抱いてさ。そりゃ周囲の反発はそうとうなものだったよ。おまけに妾の子だろ？　来栖家でも肩身の狭い思いをしてた。それでも、彼女は夢を絶対に諦《あきら》めたりしなかった。いつか、来栖月歌の名前を演劇界全体に轟《とどろ》かせるんだって、目を輝かせて言ってた」

懐かしそうに目を細める楽真の言葉を、大智は黙って聞いている。まだ不満気な様子が表情から見てとれたが、反発するような態度はとらなかった。

「彼女の父親は理解がある人だったけど、継母《ままはは》である伯爵の奥方はそうはいかなかった。演劇なんかやってる月歌嬢を来栖家の恥だって罵って、伯爵が亡くなったら、月歌嬢をどこか適当なところに嫁にやって、劇団を即解体するつもりでいたんだ。それにくわえて、あやかしの起こした怪奇事件が劇場の悪い噂として広まってさ……」

「――あんたたち、何者なんだよ」

そこで、初めて大智が口を開いた。ここまできて、楽真や上総が人間だなんて彼も思っていないだろう。

「まぁ、そこはさ。暗黙の了解ってことで」

楽真が人差し指を己の唇に当ててた。大智は納得したようなしてないような表情で鼻を鳴らした。なんとなく追及してはいけないことだと理解してくれたらしい。

「俺たちは月歌嬢の劇場に巣くうあやかしを退治した。結果的に彼女は救われたけどさ、劇団はピンチのままだった。でも……彼女は夢を最後まで諦めなかったよ。一生懸命自分のやるべきことをまっとうしてた。変な噂のせいで劇場から遠のいていた客足も、彼女は自分の力で取り戻した。それは月歌嬢の才能もあったのかもしれない。……だけど、それ以上に、彼女の努力が凄かったんだ。……不屈って言うのかな……。あの時代の女性にしては先進的で、ものすごく強い人だった」

「……」

「だから、彼女が引退した後も来栖月歌の名前はこの時代まで残ってるんだ。――大智、お前はそんな凄い女性の血をその身体に受け継いでるんだぜ？　彼女の子孫のお前が夢を諦めるなんてできるはずがないんだ」

楽真は大智の胸をドンッと叩いた。

「お前、まだ二十代だろ？　自暴自棄になるには早すぎるんだよ。……寿命をあっさり三十年も渡すなんてもったいないことをしてんじゃねぇよ」

「……ＲＡＫＵ」

「お？　やっと俺をＲＡＫＵって認めてくれんだな」

大智はきつく唇を噛んだ。楽真はニヤリと笑って立ち上がると粉々になった額縁から月歌の絵を取り出した。

「よかった。絵はなんとか無事みたいだな」

気まずい沈黙が流れる中、楽真は大智に近づいた。

「月歌嬢の絵、お前が持っててくれるか？　どうやらお前の母親にこの絵はふさわしくないみたいだ」

　高祖母の絵を差し出され、大智は無言で受け取った。しばらく絵を眺めていた彼の頬に一筋の涙が流れる。

「俺は、この絵に……あんたの絵に憧れて画家を目指してたんだ。……でも、あんたは俺に引導を渡したじゃないか。なのにこの絵を持ってろって言うのかよ。どんな拷問《ごうもん》だよ」

「引導を渡した？　なんのことだ？」

「天才ってやつは無能な人間を傷つけても気がつかないいんだ」

　楽真は本気で小首を傾《かし》げた。彼に引導を渡した覚えなどない。

「だから、なんのことだよ」

「——今朝だよ！　俺が画廊に行った時、あんたは言ったんだ。俺にはあんたみたいな絵は描けないって！　才能のある人間は簡単にそんなことを言う！」

「ああ、言ったな。お前は描けないいんじゃなくって描こうとしてないだけだからな」

「描こうとしてないだけ？　どういう意味だよ。俺は必死に描こうと努力したさ。だけど、描けないいんだ！　描けないいんだよ！　あんたみたいな絵が！」

「……だからさ、なんで俺みたいな絵を描かなきゃいけないんだよ？」

「——っ！」

大智は心臓を掴まれたかのように目を見開いて楽真を凝視した。

「根本的にお前はそこが間違ってるんだよ。俺があの天才、葛飾北斎《かつしかほくさい》みたいな絵を描こうとしたら描けないよ？　悔しいけどあの人は最高の絵師だ。誰もあの人のマネなんかできない。けど、マネをする必要がどこにある？　俺は俺の絵をただ愚直に描き続けるだけだ。世間が認めようが認めまいが、俺の絵は北斎の絵じゃなくて、写らく……あ、いや、ＲＡＫＵの絵だ！　お前が思うように絵を描けないのは当然なんだよ。自分の絵を描こうとしてないからな。ＲＡＫＵになろうとせず、来栖大智の絵を懸命に描けばいいんだよ。それをしないくせして自分には才能がない？　……よく言うよな。それって、描けないんじゃない。描こうとしてないだけだ。要は逃げだよ」

柄にもなく楽真は本気で憤慨《ふんがい》していた。誰よりも絵を愛しているからこそ、その神髄《しんずい》を理解せずに自分の殻《から》に閉じこもってる大智が許せないのだ。

「……俺自身の絵……？」

「誰も来栖大智にはなれない。この俺も、北斎も豊国《とよくに》もゴッホだってフェルメールだって、来栖大智の絵はお前以外には描けないんだよ」

大智は月歌の絵を見つめた。憑き物が落ちたようにスッキリとしたその表情は、長い眠りから覚めた子供のようにあどけない。楽真の言葉一つ一つが、大智を現実という真実に呼び戻しているようだった。

「誰も……ＲＡＫＵにはなれない。誰も俺にはなれない」

大きく目を見開いた大智の瞳から涙がボロボロとこぼれ落ちる。

「――大智」

泣きじゃくる弟の肩を圭人が優しく叩いた。

「今まで、よく頑張ったな」

ようやく絵の神髄に辿り着いた弟を圭人は強く抱きしめる。

「これからは俺たち二人で生きていこう……兄弟力を合わせればなんだってできる」

「――け、圭人？」

母親が震えながら息子たちに近づこうとしたが、二人の背中は完全に親を拒絶していた。

決別という現実を目の当《ま》たりにし、母親は初めて取り返しのつかないことをしてきたのだと理解したようだ。

「……待って。圭人、大智……」

大智は母親を無視して、ぎゅっと圭人の背中に腕を回した。

圭人に逃げてもいいと言われたことで、大智の心の中にある牢獄《ろうごく》の鍵はようやく開いたのだ。

「兄貴、俺……。誰に褒められなくてもいい。俺は俺の絵を描き続けたい」

「お前にならできるよ……絶対に」

知らずに流れた涙を拭いながら、圭人は何度も弟の背中を優しく叩いた。

5.

「ここが、あの黒い扉の部屋ですか」

後日、改めて結界に囲まれた封印部屋へと圭人を案内すると、彼は粟立《あわ》つ肌をさすりながら、一枚一枚あやかしの絵を見て回った。不気味な絵がこれだけびっしりと飾られているのだ。普通の人間が恐怖するのは当然だ。

画楽多堂の土地は狭いが、黒い扉の奥は亜空間になっているので必要なぶんだけ広げることができる。この大きな封印部屋には楽真があやかし狩りとして生きてきた歴史が全部詰まっていた。

つまり、これだけの年月、楽真はあやかししか生きるものを描けなかったのだ。

その筆致は繊細さの中に荒々しさが見えるものもある。当初の葛藤がそのまま出ているからだ。

我ながら未熟だと思いながら、楽真は軽口を叩いた。

「お前の弟さ、この部屋に勝手に入って大変だったんだぞ」

「それは、ご迷惑をおかけしました」

楽真が額縁に入れた犬神の絵を壁に飾った。黒一色の飾り気のない額縁だが、これには上総の封印が施されている。楽真の絵と上総の額縁で封印はより強固なものになるのだ。

犬神の絵の隣には、そのむかし月歌を困らせていたあやかしの絵画が飾られている。シルクハットを被った中年の男の姿をしていて、口は耳まで裂け、耳は尖り、吊り上がった眦《まなじり》はゾッとするほど鋭い。これが付喪神と化した絵の本性だ。

「楽真さん、ありがとうございました。今回は弟が本当にお世話になってしまって。……しかも、高祖母まで助けていただいてたなんて……。来栖家はあなたたちにどれだけ感謝してもしきれません」

圭人は改めて深々と頭を下げた。

「まあ、成り行きだし気にすんなよ」

今回大智はあやかしを使って悪さをしていたわけではないので、逮捕はまぬがれた。基本、警視庁はあやかしよりも人間寄りだ。競売品にされていたあやかしたちは被害者ということになるが、それに関して警視庁は関与するつもりはないらしい。彼らが恐れているのは、あやかしを使った悪事であって、オークションそのものではないのだ。

「それより、大智はどうしてるんだ？」

楽真はいつもの口調で軽く大智の様子を聞いた。あんまり改まった空気は好きではない。

「あっ、はい……あいつは実家を出ました」

「そうなのか……」

「ええ。本人が決めたことです」

大智はいったん、圭人のマンションに身を寄せているそうだ。そこから職を探しながら自立に向けて動いていくつもりだという。以前いたオカルト雑誌の出版社から声をかけてもらっているらしく、また戻るかもしれないと圭人は嬉しそうに語った。

「大智がそうしたいのなら俺は喜んで背中を押してやるつもりです。犬神に取り憑かれる前はそれなりにうまくやっていた職場なんでしょうし」

「そうか」

「ただし、危ないことには首を突っ込むなと釘を刺すつもりですけど」

「そうだな。――あいつ、まだ絵を描いてんの？」

「はい」

一番気になっていたことだったが、圭人の返事を聞いて楽真はホッとした。

「以前より楽しそうにキャンバスの前に座っていますよ。楽真さんの説教がよほどきいたのか、今は誰かを超えようとしたりはしていないようです。自分自身の絵をひたすら追求するのだと張り切っています。絵を描く才能がない俺にはキャンバスに向かう弟の姿そのものが眩しく見えますけどね。本当に羨ましい限りですよ」

「――まぁ、よかったよな。今度また命を粗末にしようとしたら俺がぶん殴りに行くからって言っといて」

冗談交じりの言葉に圭人は笑った。

「あなたより先に今度は俺がぶん殴ります」

「そう？　まぁ、それがいいかもな――」

楽真が残念そうに両手を後頭部に回すと、圭人が遠慮がちに楽真をうかがった。

「あの、楽真さん……。あなた本当にあの東洲斎写楽なんですか？」

来栖邸での楽真の口上が冗談なのか本気だったのか、測りかねている表情だ。今まで問うのをためらっていたのだろう。

楽真はいったん宙を睨《にら》んで、それからニヤリと口角を上げた。

「そうだよ」

「――っ」

圭人は息をのんで、あやかしの絵と楽真を交互に見やる。

「冗談じゃなかったんですね。すみません。頭ではわかっているつもりなんですが、なんだか信じられません……あなたが、あの幻の写楽だなんて」

写楽が江戸期に活躍したのはデビューしてから、たったの十カ月。その後はぷっつりと絵師としての活動の記録が途切れている。おまけに彼がどこの誰なのか、今日まで素性がはっきりとわかってはいない。

写楽の正体については、過去も現在も数々の研究がされているが、いまだに核心を突く答えは出せていない。中には写楽は葛飾北斎や歌川《うたがわ》豊国など、有名絵師の別名だなどと言う者までいるが、さすがにそれは行きすぎた論だ。

昨今では、阿波《あわ》の能役者、斎藤十郎兵衛《さいとうじゅうろべえ》だという説が有力視されているが、それももちろん違う。楽真はただの芝居小屋の役者だった。年齢も当時は十九と若かった。皆が言うほど幻だの謎だのに満ちていたわけではない。あの時代をただ一生懸命に生きて、大好きな芝居と絵に力を注いでいたただの平凡な人間だ。

「写楽は……楽真さんはどうして十カ月しか活躍しなかったんですか？」

楽真はキョトンと目を瞬《またた》いた。

「それ聞く？」

「あ、聞いちゃダメでした？」

「そういうわけじゃないけどさぁ」

楽真は心持ち渋い顔をした。

「活躍したくても、できなかったんだよ。――死んだから」

「え？」

予想外の答えだったのか、圭人がギョッとしている。

「かわいそうだろ、俺！　絵師としてデビューしてさ、さぁこれからだって時に芝居小屋の火事に巻き込まれて死んじゃったんだよ！」

「火事で……ですか」

「そう。だから写楽の謎は謎でもなんでもないんだよ！　十カ月しか活躍しなかったのは、俺が死んだから！　それだけ！」

楽真はあえてあっけらかんと答えたが、当時のことを語るのはあまり好きではない。だが、圭人が真摯《しんし》に尋ねるのでつい口を開いてしまった。

「まぁ、その火事が文字通り運命の別れ道だったんだよな～。偶然居合わせた上総がさ、死んだばかりの俺をあやかしにしたの」

「上総さんが？」

「そう。じゃなきゃ、ただの人間が簡単にあやかしになれるかよ。上総の奴さ、ああ見えて写楽の大ファンなんだよ。だから、あのまま死なすのは惜しかったんだってさ。勝手だよなぁ」

「はぁ……まぁ、気持ちはわかります。この才能を失くすのは惜しいですし。俺も写楽が好きですから、上総さんの立場になったら同じことをしたかもしれません……」

「お前の好きは普通に好きだろ？　上総はもはやストーカーレベルだから」

「ストーカー？」

「そう！　俺はあいつに捕らわれた哀れな小鳥なんだよ！　籠《かご》の中に入れられて自由に飛

び回ることができない美しい小鳥！　ああ、かわいそうだ、俺！」

「はぁ……」

楽真がやけに芝居がかっているので、本気かどうかわからず圭人は戸惑っている。そんな彼の肩に腕を置いて、楽真はにっこりと笑んだ。まったくからかいがいのある好青年だ。

「さーてと、そろそろ出るぞ。あんまりここにいてもお前にはいいことないしな」

「――あ、待ってください」

部屋から出ようとすると、圭人がどことなく緊張気味に楽真を止めた。

「あの……ら、楽真さん。俺、あなたがなぜ病床にあった高祖母の絵を描きに来たのかわかった気がします」

「え？」

「きっと、高祖母がそうしてくれと頼んだんですよね？」

楽真はわずかに口を開いた。図星を察したのか圭人はじわりと涙を浮かべた。

「高祖母は若く美しい頃の自分をあなたに描いてほしかったんですよね。でも、それが叶わないと知った時、きっと彼女は願ったんだ……」

しわくちゃになっていてもいい。自分が死ぬ間際にもう一度彼に会いたい。そして最高の腕で、ありのままの自分を描いてもらいたいと。

「……あなたは高祖母の死の瞬間までずっと側にいてくださったんですね」

楽真は少し呆気《あっけ》にとられた。圭人の顔がなぜか月歌と重なる。

「――お前さ、ホントまっすぐなところが月歌嬢に似てるよな。――あ、でも月歌嬢はちゃんと息を引き取ってから描いたから大丈夫だよ。封印なんてされてないからな」

「わかってます……」

「そんな顔をするなよ」

楽真は寂しさを隠しきれず困ったように笑った。

かつて、楽真は何よりも人物を描くのが大好きだった。

現存する東洲斎写楽の絵もモデルへの愛に溢れている。役者の粗《あら》を写し出してしまう絵は一見容赦がなく皮肉にも見えると評されることもあるが、そうではない。モデルとなった人物を丸裸にしてしまう鋭い観察眼があればこそなのだ。写楽の絵は対象を飽きるほど見続けていなければ描けない。それだけ、写楽は人物画を愛し、精魂込めて描いていた。

生者を描けないのは写楽にとって……いや、楽真にとってはとても酷なことだ。死した月歌を描くことは、それを嫌でも自分自身に突きつける行為だった。もちろん、辛《つら》くなかったと言えば嘘になる。それでも約束を果たさないという選択肢だけはなかった。それほど彼女は楽真の中で大切な友人であり特別な存在だったのだ。

深々と頭を下げた圭人に背を向け、楽真は扉に向かって歩きだした。

「早く来いよ。この部屋、人間があんまり長くいるのはよくないんだ」

「はい！」

主人は元気に返事をして駆け寄ってきた。それがなんだか犬みたいで、楽真は苦笑してしまった。

月歌の子孫と肩を並べて歩く日が来るなんて、あの頃は想像さえしていなかった。

（長く生き続けているのも、なかなか悪くないな）

楽真は舞台に立つ亡き人の凜々《りり》しくも美しい姿を思い出して、こっそりと微笑《ほほえ》んだ。

『――ねぇ、楽真さん。私の夢は大女優になることだけど。もう一つの夢もまだ諦めてないのよ？　――私がいつか誰かと恋をして、結婚して子供を産んで、孫が生まれて十分に生ききった頃、私を描きに来て……。私は大往生するはずだから、きっとすごくお婆《ばあ》ちゃんになってると思うけど、楽真さんがびっくりするぐらい綺麗なお婆ちゃんだと思うわ』

それは遠い昔に交わした約束。夢を追うことに一生懸命だった少女が、一世一代のワガママを言った。その願いは何十年か後に叶うことになる。生者の真実を全てさらけ出す稀代の天才絵師の手によって。

『絶対に枕元に来てね。楽真さんが私の死神なんて素敵！』

Case 2.

絵姿女房

ピロリン。

なんとも気の抜けた電子音が聞こえて、佐伯秋《さえきしゅう》は目を覚ました。

万年床の中から手を伸ばし、枕元のスマホを取る。メールの主は一回り以上も年の離れた後輩だった。

いや、ただの後輩と言っていいのかはわからない。彼は叩き上げの自分と違って超の付くエリートなのだから。

メールを開くと、簡単なあいさつ文と共に彼の近況が綴《つづ》られていた。

『自分は本庁に帰ってからも元気にやっています。こちらはいろいろと大変ですが、佐伯さんに怒鳴られることに比べたら幾分かましです』

生意気かつ茶目っ気のあるメッセージに佐伯は目を細める。最後に『佐伯さんはお元気ですか？　近いうちに呑《の》みに行きましょう』と様子伺《うかが》いまでしてくれている。一度バディを組んだだけの自分にも気を遣い、世話になったからと頻繁《ひんぱん》にメールをくれるキャリアは彼ぐらいのものだろう。

基本的に佐伯はキャリアがあまり好きではないが、彼だけは別だ。よく言えば『温和でお人よし』悪く言えば『良いところのお坊ちゃん』だが、どんな小さな事件にも真摯《しんし》に取り組み、刑事に必要な執念と洞察力があった。自分たち現場の人間への理解も深く、キャリアにしてはお高くとまったところが一つもない気持ちのいい青年だ。

「残念ながら、俺は元気じゃねぇよ。お坊ちゃん……」

佐伯は液晶画面に向かって呟《つぶや》くと、メールの返事を打たずにのそりと起き上がった。

去年建てたばかりの一軒家は、一人で暮らすには寒々しいほどに広い。緩慢な動きで台所に立ち、佐伯は冷蔵庫を開ける。寝起きにビールでもと思ったが、残念なことに中にはビールどころか食料さえ入っていなかった。

しかたなく佐伯は食卓に放り投げてあった財布を引っ摑《つか》んだ。玄関で靴を履《は》こうとした時、ふと鏡に映った自分の顔が目に止まる。

部屋着も寝巻も区別していない着古した鼠《ねずみ》色のジャージ。髭《ひげ》はぼうぼうに生え、整えることを忘れた髪はボサボサだ。かつて職場では強面《こわもて》と恐れられていたが、その面影は微塵《みじん》もない。頰《ほお》がこけて目が濁《にご》り、筋肉質だった身体《からだ》は瘦《や》せこけてしまった。今の自分は四十にしてまるで老人のようだ。

佐伯は憎々しげに鏡を睨《にら》みつけると、靴に足を入れる。その際、つんのめって綺麗《きれい》に揃《そろ》えてあった白いハイヒールを蹴《け》ってしまった。

「――っ！」

転がったハイヒールを揃えなおし、佐伯は暗い表情で舌を打った。歯がみをしながら玄関のドアを開けると、太陽の光が強烈に差しこみ目が痛くなった。じんわりと潤む瞳をパチパチさせながら、佐伯はよたよたと歩く。

最近、近くのコンビニと家の往復しかしていない。それも三日に一度の割合なので新鮮な外の空気を肺が敏感に感じ取り、少しだけ咳《せき》が漏れた。

通りすがりに小汚い自分を見て笑う者もいたが、佐伯はまったく気にならなかった。ただ起きて飯と酒を胃に入れるだけ。今は、そのルーティーンが佐伯の人生なのだ。

少し猫背気味にコンビニに向かっていると、途中にある小高い丘から甲高《かんだか》い声が聞こえてきた。キャッキャッと興奮気味に何事か言いながら階段を駆け下りてきたのは、二人組の女子高生だ。元気な少女たちは最後の二段を二人同時に飛び降りた。周囲に注意を払っていなかった二人は、そのまま運悪く佐伯にぶつかってきた。

「きゃあ！」

「――っ！」

弾みで尻もちをついた佐伯にびっくりして、女子高生たちは慌てて頭を下げた。

「す、すみません！　大丈夫ですか？」

「――ああ、いや……」

気にするなと顔を上げた佐伯を見て、女子高生たちの眉がわずかに寄った。

外見からやばい人だと思ったのだろう。二人は詫《わ》びを言うとそそくさと去っていってしまった。

無礼な子たちだとは思ったが怒る気力もなく、佐伯は尻もちをついたまま長い階段を見上げた。大きな鳥居が丘の上に堂々と立っている。ここは確か、稲荷《いなり》神社だったはずだ。近所にもかかわらず、佐伯は忙しさにかまけて一度も参拝したことがなかった。考えてみればこうやってまじまじと鳥居を見上げるのも初めてかもしれない。

「……だから、バチがあたったのか？」

思わず漏れた言葉に自嘲《じちよう》しながら、佐伯が重い腰を上げようとした時、スッと誰かが手を差しのべてくれた。

「大丈夫ですか？」

見ると、艶《つや》のある金髪を揺らした男が立っていた。日本人のようだが彫りの深い顔立ちだ。派手な見た目に反してどこか品があるように見えるのは、彼がきっちりと着込んでいるダークスーツのせいだろうか。

「ああ、どうも」

通りすがりに情けをかけられるのは嫌だったが、断るのも面倒くさいので佐伯は彼の手を取った。

「災難でしたね。……彼女たち、きっと浮かれていたんでしょうねぇ」

男は気さくに佐伯に語り掛けてきた。気になって「浮かれていた？」と問い返すと、彼はゆっくりと神社を指さした。

「最近ね、噂《うわさ》になっているんですよ。この神社の絵馬に願い事を書いて奉納すると、なんでも叶うって」

「へぇ……そうかい」

これでも佐伯は社会の裏を見続けてきた元刑事だ。女子高生がのぼせるようなおまじないや占《うらな》いはまったく興味がない。それが由緒正しい神社の神通力でも同じだ。

自分には関係ないことだと話を切り上げてコンビニに向かおうとすると、男はさらに口端を大きく曲げて言った。

「あなたも試してみたらどうですか？　大切なものを取り戻せるかもしれませんよ？」

「取り戻せる？」

思わず佐伯は男を凝視した。気のせいか男の顔に影が見えた。

「ええ。そんなバカなことあるはずがありませんよねぇ。――でも、それが本当なら夢のような話です。――あなたにはないんですか？　どうしても取り戻したいものが」

1.

ポカポカと暖かい春の日差しに誘われて縁側に出てみると、兎三郎《うさぶろう》が丸くなって眠っていた。縁側の向こうは上総《かずさ》が好きな京都の寺の庭園のような景色が広がっている。寺院のものと比べるとミニチュアサイズだが、見栄えは少しも劣っていない。美しい枯山水《かれさんすい》が広がり、透き通った池もある。中でも秀逸なのが、池に鏡写しにされた木々たちだ。紅葉や桜の季節になると、それはそれは幻想的な光景になる。今は散ってしまったが、ほんの一カ月前までは池の底に満開の桜が咲いているようで本当に壮麗だった。

楽真《らくま》はしばらく庭を眺めると、兎三郎を起こさないように後ろの障子をそっと開いた。滑り込むように中に入り急いで閉める。

部屋では上総が畳《たたみ》に敷いた布団の上で静かに眠っていた。忍び足で近づき、楽真は上から彼をじっと覗《のぞ》き込んだ。その顔は死人のように青白い。ピクリともしないので心配になって口元に掌《てのひら》を当てると、わずかに温かい息がかかった。

(生きてる)

当たり前だと思いつつも、楽真はほっとして畳の上にゴロンと横になった。

(暇だ……)

もう三日もこうして上総の寝顔だけを眺める日が続いている。この時期は屋敷から出ないようにと厳命されているので、外に遊びに行くこともできない。

(それに、また、いつどうなっちゃうかわかんないもんなぁ)

楽真は二、三回転ゴロゴロして遊んだあと、ピタリと上総の布団の横で止まった。この寝顔を見ていると、彼が湖の底に沈んでいたあの時を思い出す。

「百年ぶりだったんだよなぁ」

思わず楽真は呟いた。

楽真たち眷属《けんぞく》は、約百年ものあいだ上総を失っていた時期がある。

あれは忘れもしない大正の関東大震災直後の話だ。

大地が揺れ家屋も神社仏閣も崩れ落ち、大規模な火災旋風が街を焼いた。そのダメージはあやかし界にも及び、各地で封印されていた凶悪なあやかしたちが野に放たれてしまったのだ。当然、関東地方は溢《あふ》れ返った魑魅魍魎《ちみもうりょう》たちのせいで大混乱に陥《おちい》った。

関東の苦難はそれだけでは終わらなかった。なんとその混乱に乗じて己の縄張りを広げようと上総に戦争を仕掛けてきた者がいたのだ。それが九州と四国地方の頭目だ。

あやかしの世界にはざっと大きく分けて六つの縄張りがある。関東・近畿、九州、四国、中国、東北、北海道地域だ。そのうち上総が治めているのは関東・近畿地方だ。他の地域には別の頭目がいて、彼らは時に協力、時に反目し合いながらそれぞれの縄張りを治めてきた。

その均衡《きんこう》が関東大震災をきっかけにもろくも崩れ去ったのだ。

九州と四国の頭目は、昔から本州進出を狙っていたのだが、中央がボロボロになっているこの時期がチャンスとばかりに連合軍を作りあげて恥ずかしげもなく関東に攻め入ってきた。言ってしまえば、関東地方を中心にあやかし大戦争が勃発《ぼっぱつ》したのだ。

（ほんと、あの頃は悲惨《ひさん》だったよな）

嫌なことを思い出して、楽真はしかめ面《つら》を作る。

結局、あやかしたちの戦争は相打ちという形で幕を閉じた。それぞれの頭目たちは激しくぶつかり合い、お互いに酷《ひど》く疲弊《ひへい》してしまった。上総なんかは力を使いすぎて一時消滅しかけたくらいだ。

彼が楽真たち眷属の前から姿を消した期間は約百年。あやかしにとっては短いかもしれないが、元人間だった楽真には長い長い空白期間だった。その間、眷属たちをまとめていたのは、かつて近畿地方の頭目だった風天狗《かぜてんぐ》の戒《かい》だ。彼は大昔に上総の眷属になったが、頭目代行を務めるには十分な実力者だった。

戒のもとで一致団結した眷属たちは、消えた上総を必死に探した。手がかりもなにもなく、雲を摑むような捜索は大変だったが、諦《あきら》める者は誰もいなかった。自分たちの主人はきっと生きているはずだと信じて、眷属たちは各々長い旅を続けた。そして、楽真はようやく見つけたのだ。京都の山奥で深い眠りについている上総の姿を。

（呼ばれた気がしたんだ……）

楽真はあの時の奇跡を今でも思い出す。

京都の大江《おおえ》山の奥深く。誰も寄りつかないであろう険しい獣《けもの》道のその先に綺麗に澄んだ湖があった。その底に沈み、上総は鬼である本性を現したまま深い眠りについていた。

湖の底でたゆたう優雅で長い黒髪。じっと閉じたまま開かない瞳。まるで銀塊のような鋭い二本の角。透き通るほどに青白い肌。そのどれをとっても秀麗な美鬼はまるで湖に住まう精霊のようにも見えた。

その姿を見た時、楽真は改めて考えたのだ。

彼はあやかしでありながら、なぜあやかしを狩っているのかと。

上総が消える前は、あやかしになってしまった自分のことで手一杯で深く考えたこともなかった。頭目として悪さをするあやかしを狩るのは、縄張りの統率のためにしていることなのだろうと思い込んでいた。だが、物静かな精霊のような彼の姿を見た時、なぜかそれだけではない気がしたのだ。

上総ほどあやかし狩りに積極的な頭目はいない。かつて悪さを繰り返していた大妖怪、九尾の妖狐《ようこ》や土蜘蛛《つちぐも》も、千年ほど前に上総に狩られ彼に従う忠実な眷属となった。そんな大昔から彼はなぜ同胞を狩り続けているのか。どうしてもそれを知りたかったが、いまだに問えずにいる。

「……」

楽真は勢いをつけて体を起こした。

暇を持てあましているので、上総の枕元に広げられた墨《すみ》と半紙の前に座り、真剣な眼差《まなざ》しで睡眠中の主の顔を描き始める。上総の顔は整っているので、寝ていても描きがいがある。

昨日よりも筆が進むので夢中になって描いていると、微《かす》かに布団が動いた。

「あっ」

とっさに顔を上げると、上総の目がゆっくりと開いた。三日ぶりに見る黒曜石《こくようせき》だ。

「おはよう、上総」

「……」

上総の顔がこちらを向いた。

「……おはよう。――目覚めにお前の顔があるのはいつも変わらないな。……俺が眠っている間になにかあったか？」

「すっげー暇だった。おかげで筆がはかどるはかどる」

楽真はビシッと壁を指さした。一面に貼られた己の寝顔の絵を見て、上総は少し引き気味に楽真に目を移した。

「いったい何枚描いたんだ」

「ええっと、三日で十数枚は描いた！」

得意げに親指を突き立てると、上総は溜め息をつきながら上半身を起こした。

「これじゃどっちがストーカーかわからないな」

「だってさぁ、あんたが寝てる間はすることねぇんだもん。俺だって、あんたの顔ばっかり描いてたら飽きるよ？」

楽真は拗《す》ねて唇を尖らせた。

「飽きてる量じゃないだろう。……さすがに、寝起きから自分の顔に囲まれるのはいい気分じゃないな」

「文句言うなよ、俺をこんなにしたのはあんたなんだから」

楽真は生きている者の絵を描くことはできないが、上総だけは別だ。楽真をあやかしに生まれ変わらせたのは上総だ。いわば親に当たる存在なので、彼を描いても魂《たましい》は吸えない。だから、人を描きたい衝動にかられた時はいつも上総を描いている。

「……俺はどれくらい眠っていた？」

「丸三日かな」

「三日か……今回は早かったな」

「うん」

実は上総の身体はまだ本調子ではない。そのため、満月の夜を境に数日間深い眠りに入る。これは妖力を体に溜めるためだ。

古来から月光には魔力が秘められているといわれていて、その力が一番強いのが満月だ。その間、妖力の強いあやかしは月から魔力を取り込んで力を蓄える。戦争時に妖力をほとんど使い果たした上総は、満月から魔力を得なければ妖力が弱まってしまうようになった。ゆえに、生命活動を極力減らして昏睡《こんすい》状態に陥るまで眠りにつくのだ。

前回は五日、前々回は一週間。最初の時は半月ほど上総はコンコンと眠っていた。それから比べると三日など早い方だ。最近は眠りの間隔も短くなってきているから、妖力もだいぶ戻ってきているはずだが、全盛期の頃と比べるとまだまだだった。

「楽真、腹が減った」

上総が腹を押さえながら情けない顔をするので、楽真は噴き出した。

こんな緩んだ上総を見られるのも、この長い眠りの後だけだ。

「しょうがねぇなぁ」

絵を描き上げた後でいいと言われたが、もう起きてしまった上総を再び眠らせて描くのは気が引ける。

「続きは今度でいい！　夜中にでもこっそり描いとくよ」

「悪趣味だな……」

本音をこぼされ、楽真は笑いながら部屋を出た。

三日も飲まず食わずだった主のために、どんな手料理をふるまってやろうかと思案しながら台所へ向かっていると『チリン』と涼しい鈴の音が聞こえた。

この音は結界の外にある画廊『画楽多堂《がらくたどう》』の扉が開いた音だ。結界内の屋敷にいても、お客が来たことがわかるようになっている。

早く主のご飯を作ってやりたいが、めったに訪れない客を無下《むげ》にはできない。

「上総、悪い。ちょっと待っててくれよ」

上総の部屋の方に向かって両手を合わせると、楽真はスッと屋敷から姿を消した。

「いらっしゃいませ」

満面の笑顔で店の奥から顔を出すと、一人の女性が絵を食い入るように見つめていた。

クリーム色のワンピースに白いハイヒールを履いた女性は、楽真の顔を見るなり嬉《うれ》しそうに微笑《ほほえ》んだ。

「お久しぶりね。店主さん」

「彩菜《あやな》さん！」

見慣れた顔に、楽真は声を弾ませた。

「本当に久しぶりですね。最近、顔を見せに来てくれないから、どうしてるのかなって思ってたんですよ」

「嬉しいわ、気にしてくれてたなんて」

彼女は画楽多堂の常連客だ。なんでも、昔は美術大学の講師をしていたらしく、絵画への造詣《ぞうけい》は深い。何度か『ＲＡＫＵ』の絵を売ってくれと頼まれもしたが、その度に楽真が断るので彼女はいつもガッカリして店を出て行くのだ。

これまで月に一度は顔を見せてくれていたのだが、近頃はまったくご無沙汰《ぶさた》だった。今日は約四カ月ぶりの来店だ。なにかあったのではないかと密かに心配していた楽真は、変わらぬ笑顔を見て安堵《あんど》した。

「最近はなにしてるの？　彩菜さん」

楽真は近くの椅子《いす》を彼女にすすめた。礼を言って腰掛けた彩菜は白いハイヒールを子供のようにカツンと一回鳴らした。

「最近はそうねぇ……主人が絵を始めたのよ。主にそのモデルかしら」

「旦那《だんな》さんが絵を？」

彩菜の旦那は仕事が忙しい人で、ほとんど家に帰ってこないと聞いたことがある。その寂しさを紛らわすために、いろんな画家の画集を眺めているのだと彼女は言っていた。酷い時には一週間は会えないらしいので、夫婦でいる意味があるのかと楽真は憤慨《ふんがい》したこともあるくらいだ。そんな旦那が趣味に時間を投じているとは、いったいどういう風の吹き回しだ。

「仕事人間の旦那さんに、よく絵を描く暇なんかできたね」

「主人、仕事を辞めたのよ。だから時間が有り余ってるの」

「へぇ」

「無趣味な人だったから、急に時間ができてもやることがなくてね。試しに絵を描くことを勧めてみたら、思いのほかはまっちゃって。毎日モデルをやらされて困ってるのよ」

彩菜は上品な声音《こわね》でコロコロと笑った。困っていると言っているのに顔は嬉しそうだ。

「……そうか。よかったね」

楽真は心からそう思った。いつも孤独そうに絵を眺めていた頃に比べると、今の彼女は数倍幸せそうだ。旦那が無職なのは困りものだが、彼女にとってそれは大きな問題ではないのかもしれない。

「今日もね、旦那に画集をプレゼントしようと思って本屋に寄ってきたの」

彩菜は鞄《かばん》から分厚い本を取り出した。二人の浮世絵師の絵が表紙に並び、タイトルは『写楽《しやらく》と豊国《とよくに》　稀代《きだい》のライバル絵師』と記されている。

「俺と熊《くま》さんじゃんか」

「え？」

「あ……えっと。俺の好きな熊さんって言ったんだ。歌川《うたがわ》豊国って何代もいるだろ？　だから俺は初代豊国だけは本名の倉橋熊吉《くらはしくまきち》からとって熊さんって呼んでるんだ」

「熊さん？　なるほど、それはおもしろいわね。今度から私も熊さんって呼ぼうかしら」

なんとかごまかせたようで、楽真はホッとした。本のタイトルにもある通り、写楽と豊国は同年に発表した役者絵が大変好評をはくしたため、お互いライバル扱いされることが多い。豊国の版元は和泉屋市兵衛《いずみやいちべえ》。写楽の版元は蔦屋重三郎《つたやじゆうざぶろう》。それぞれ別の版元からのなりもの入りだったので余計だ。しかも写楽の方は蔦屋期待の新人のデビュー作だった。

蔦屋重三郎、通称『蔦重』は喜多川歌麿《きたがわうたまろ》や写楽など数々の絵師を売り出していた版元の主人だ。当時流行《はや》りつつあった浮世絵の利権と流通をおさえると、またたく間に大手版元となったやり手だ。

その蔦屋が出版した写楽のデビュー作は二十八点にも及ぶ。全て大首絵《おおくび》で豪華な黒雲母摺《くろきらずり》だ。黒雲母摺とは、雲母粉を背景に使う摺技法で、絵をきらびやかに見せる効果がある。贅沢《ぜいたく》品として禁止された時期もあるくらい当時は高価な摺技法だった。

もちろん、デビューしたばかりの新人に黒雲母摺を使うのは異例だ。しかも、写楽がデビューした当時、江戸の芝居街《しばいがい》は不況のまっただ中にあった。興行の継続さえ危ぶまれるような危機的状況の中、界隈《かいわい》を景気づけるために売り出されたのが写楽の大首絵だ。

これを見るだけでも、蔦屋重三郎の中で写楽への期待値がとても高かったことがうかがえる。

その写楽と同時期に活躍した初代豊国は、役者の粗《あら》を極力除外し容貌《ようぼう》を美化して描く絵師だった。粗を誇張して描く写楽とは正反対だ。

どちらがいいとも悪いとも言えないが、少なくとも豊国は役者のスター性を際立たせて描く天才だった。大衆受けは存外よく、尻すぼみに売れなくなっていった写楽に反して豊国の絵は長いこと誰からも愛された。

たとえば、本の表紙になっている三代目菊之丞《きくのじょう》の絵にしても二人の違いがあからさまに見てとれる。三代目菊之丞は当時大人気の女形《おやま》だった。しかし、写楽は菊之丞の特徴だった受け口や瓜実顔《うりざね》、長い鼻梁《びりょう》をはっきりと誇張して描いている。貧困に苦しむ浪人の妻という役柄を真に迫って描いていると言えば聞こえはいいだろうが、人気役者を美しく描こうという意志はあまり感じられない。

これが描かれた頃の菊之丞は齢《よわい》四十四で、女形にしては老いてもいた。それをごまかすことなく、写楽は己が見た菊之丞をありのまま描いているのだ。老いに悩んでいたであろうスター役者からしてみれば、残酷なまでの写実性だ。

豊国はというと、菊之丞の特徴だった受け口や瓜実顔などは同じように捉《とら》えてはいるが、写楽ほど真を得てはいない。粗となる特徴をきちんと美という造形に収めているのだ。女形としての華や役柄の強さも鮮やかに表現されている。

「私は写楽が大好きなんだけど、主人は豊国の方が見栄えがよくて好きだって言うのよ。だから私、写楽の凄《すご》さをわからせてやりたくて。表面だけ見ないで絵師としての力量も見てって、この本を突きつけてやろうかと思ってるの」

「あはは、そうですか」

楽真は微妙な顔で頬《ほお》を掻《か》いた。

手放しで役者絵を賞賛されていた豊国と比べて、写楽の絵は当時から賛否が分かれていた。だから昔の絵を誰になんと言われても構わないのだが、本音を言うと今だに豊国とライバル扱いされているのだけは寂しかった。

「俺は二人はライバルじゃなかったと思ってるんだけどな」

　ぽつりと楽真が呟くと、彩菜がキョトンとした。

「あら、そうなの？」

　彼女とは時々いろんな画家のことを論じあっているので、楽真が突拍子もないことを言い出しても、あまり驚かない。やけに画家……特に浮世絵に詳しい画廊の店主としか思われていないようだ。

「だってさ、熊さんと写楽は六つも歳《とし》が離れてるんだぜ。写楽にとっちゃ歳の離れた兄貴みたいなもんだよ」

「――？」

「――いや、だったんじゃないかな？」

「写楽の歳がわかるの？」

「俺の勝手な想像だよ、想像！　だって、当時の絵を見ても写楽には未熟さが感じられるだろ？　絵を始めたばかりってのもあるかもしれないけど、年齢も関係してるんじゃないかと俺は思うんだ。無邪気に好きなものを好きなように描いてた若い絵師……写楽にはそんな匂いがするな」

「なるほどねぇ……。そこまで考えたことはなかったわ。深いわね。店主さん」

　さすがに年齢不詳の写楽の正体に触れるような発言はまずかったかもしれないが、豊国のことが懐かしくて口が止まらない。

「ほら、これ見てみてよ」

楽真は頁《ページ》をめくって写楽が扇子《せんす》に描いた老人図を指さした。老人の横には豊国画のお半《はん》長《ちょう》右衛門《えもん》図が描かれている。対して豊国が描いた絵の中にも数点写楽の絵が忍んでいる。まるで間違い探しのような構図でこっそりとだ。

これは、写楽と豊国のイタズラだ。

「世間がさ、あんまりライバルライバルってうるさいからさ、二人が、俺たちは仲がいいぞーってシグナルを出してたんじゃないかな？」

「それ、おもしろいわね。店主さん！　中には二人のライバル意識が描かせたものだって言う人もいるけど、仲良しアピールの方が素敵よね。今で言う『におわせ』ってやつね」

その方がいいと彩菜は言うが、におわせはさすがに言い過ぎだろう。これはただのイタズラなのだから。

お茶目で面倒見がよかった熊吉は、自分と写楽の関係を大層おもしろがっていた反面、残念にも思っていた。それで世間にイタズラを仕掛けたのだ。もちろん、写楽も悪のりをして熊吉のイタズラに荷担した。

しかし、まさかそれが何百年たってもライバル扱いされる一因になるとは思ってもいなかった。きっと熊吉も誤算だったとあの世で詫びていることだろう。『楽、すまねぇ』と。

熊吉の男前で温和な顔が情けなくしおれるのを想像したら、楽真はおかしくなった。

「旦那さんにもそう言ってみてよ。二人は仲が良かったんだって言えば、写楽にも甘くなるかもしれない」

「やだ、それとこれとは別でしょ」

彩菜が笑うので、楽真もつられて笑った。こうやって久しぶりに豊国の話ができたのも嬉しかった。

（会いたいなぁ……熊さん）

熊吉は男っぷりがよく、豪快に笑う人だった。体格もよく、あのごつい手からどうしてあんな繊細な絵が描けるのかと、よく首をひねったものだ。楽真は写楽として己の絵を極めることに邁進《まいしん》してはいたが、豊国の絵も大好きだった。

楽真が死んだと聞かされた時、彼は泣いてくれただろうか。今となっては、確かめようもないが……。

豊国のことを思い出したせいか、昔のように役者絵が描きたくなり、楽真はむずむずる腕をそっと押さえた。けっして叶わないことに思考を奪われたくはない。この葛藤は二百年もかけて乗り越えてきたのだから。

「店主さん？」

物思いにふけっている楽真に、彩菜が心配そうな声をかけてきた。ハッとした楽真は急いで壁時計に目をやった。そのとたん顔から一気に血の気が引く。

彩菜が店に訪れてから、かれこれ一時間はたっている。豊国が懐かしくて長話をしてしまったが、寝起きの上総のために食事を作らねばならないことをすっかり忘れていた。

「ご、ごめん彩菜さん。俺、病み上がりの同居人の食事を作ってやらなきゃいけなくて」

「え？　そうなの？　やだ私ったら長居しちゃってごめんなさいね」

急いで本を鞄に突っ込み、彩菜は申し訳なさそうに立ち上がった。

「同居人さんの体調はよくないの？」

「いいや、もうすっかり元気。ただ、さっき床から起きたばかりで腹を減らしてるんだ。なにかおススメある？」

「そうね。冷蔵庫には何があるの？」

「ひじきとか卵？　あと、葉物野菜くらい。買い物に行かなきゃいけないかなー」

「いいわよ、お腹《なか》がすいてるならとりあえずパパッと卵と葉物野菜を混ぜたおじやと、ひじきの煮物に豆腐を和《あ》えたものを出してあげて。夜は買い物に行ってカツオのたたきとしじみを買ってきたらどうかしら？　カツオもひじきも鉄分たっぷりだし、スタミナアップに最適よ。しじみはお味噌汁《みそしる》にして。滋養にいいから」

「おお、彩菜さんさすがだね。助かったよ、献立をどうしようか迷ってたんだ。あいつカツオのたたきが好きだから喜ぶよ」

「伊達《だて》に長年主婦はやってないわよ」

彩菜は軽く片目を閉じて、今度は主人も連れてくるわと言って店を出ていった。

楽真は彩菜の姿が見えなくなると、急いで屋敷に引き返した。

「ごめん、上総。遅くなって！　今からごはん……」

作るからもう少し待っててと言いかけて、楽真は言葉を止めた。

とっくに布団から上がっていた上総は、部屋着にしている黒い着流しに身を包んで、掌サイズの小さな狐の頭を撫《な》でていた。

「あれ？　それお狐さん……？」

「ああ、結界の上でウロウロしてたから招いてやった。嵐《らん》が様子を見によこしたんだろ」

「……あ、そういえば上総が起きたって嵐兄さんたちに連絡してないや」

「こいつが伝えてくれるからいいさ」

上総が小狐を宙に放つと、小狐は『ケーン』と一声鳴いて姿を消した。

嵐は、上総の古い眷属で九尾の妖狐だ。いつもこの時期になると自分の眷属の稲荷狐を屋敷に使いによこしてくるのだ。上総が起きたと知ると真っ先に駆けつけてくるのも彼だ。食事は嵐の分も作っておいた方がよさそうだ。

「上総、ごめん。食事だけどもう少し待って」

「わかった」

ずいぶん遅くなったというのに、一言も文句を言わず上総は立ち上がる。居間でお茶を入れてくれと言って楽真の横を通った時、ふとその足が止まった。突然右腕を引っ張られ、楽真は上総の胸に倒れ込む。

「!?」

混乱していると、上総は楽真の首筋を嗅《か》いだ。

「な、なにしてんだよ！」

動揺する楽真に、上総の顔がわずかに険しくなった。

「お前、今まで何と会っていた？」

「何って、お客さんだけど？」

目を瞬《またた》いて見上げると、上総は何事か考え込むようにしてじっと楽真を見つめた。

「本当に客か？」

「お客だよ。常連の！」

何が言いたいのかわからず、少し強めに主張すると、上総は「そうか」と呟いてようやく腕を放してくれた。無言で部屋を出て行く彼の後ろ姿を見て、楽真は何度も首を傾《かし》げる。

「変な奴」

誰と会っていたではなく、何とと言われたことが気になった。――が、

「おらああ！　楽真ー！　なにチンタラしてやがった！　上総様のお腹と背中がくっつい

たらどうしてくれんだー！」

　突如、兎の跳び蹴りが背後から飛んできて、楽真の思考は一瞬で霧散《むさん》してしまった。

「いやー。すんませんなぁ。昼飯までごちそうになってしもうて」

　九尾の妖狐、嵐が屋敷にやってきたのは、ちょうど食事の支度が終わった時だった。人間に化けている時の彼は、硬い髪質の赤髪を後ろで一つに束ねていて、服装はB系だ。目鼻立ちがくっきりしているので、立っているだけで目が行く。性格は明るく快活で、場を賑やかすのを得意としているのだが、少しちゃっかりしたところがあるのが玉に瑕《きず》だ。今日も彼は勧められてもいないのに楽真の手料理を遠慮なく食べまくっていた。

「愛する楽真の手料理を食べられるなんてついてるで」

「いや、気持ち悪いこと言わないでくれる？」

　楽真はげっそりとしながらおじやを嵐によそってやった。本日三杯目だ。本当によく食べる。

　嵐は末弟の楽真を昔から猫かわいがりしているのだが、その愛情の深さは海よりも深い。本人曰《いわ》く、末弟は目に入れても痛くないので、かわいがって当然らしい。今日も上総が目覚めたことを確認しに来たと言っているが、本音がそれだけではないのは明らかだ。

その証拠に、上総への挨拶《あいさつ》もそこそこに嵐は楽真に抱き着いてきた。会えないのはたった三日だったというのに、まるで数十年会ってないかのような喜びようだ。もちろん、いつもうざいと一蹴《いっしゅう》してやるのだが、嵐は一度も懲《こ》りたことがない。

「このおじやはうまいなー。さすが楽真やわ」

「それ上総のなんだから、もうおかわりするなよ」

冷たく言ってやると、嵐はめげずにひじきと豆腐の和え物を褒めだした。

「もう、嵐兄さん、いちいちうるさいな。静かに食べられないのかよ」

「えー。楽真が作ったものならなんでも旨《うま》いから、つい口に出てしまうねん」

バチンとウィンクされて、楽真はうんざりと肩を落とした。この妖狐と出会って約二百年。その愛情過多は少しも変わらない。いざとなれば頼りになる兄貴分ではあるが、今はただの度が過ぎたブラコン野郎だ。

「お狐さんも食べるか～？」

嵐は上機嫌で先ほど使いに来させていた小狐にひじきと豆腐の和え物を分けてやった。小狐は嬉しそうに食べる。嵐の眷属である小狐は数えられないほどたくさんいる。普段は各地の稲荷神社に祀《まつ》られており、情報収集の役割もこなしてくれる非常に優秀な諜報《ちょうほう》員だ。楽真は密かに主の嵐よりも役に立っているのではないかと思っているが、さすがにそれを指摘したことはない。

「で、嵐。例のあやかしオークションの黒幕は摑めたのか？」

上総に話を振られ、嵐は申し訳なさそうに眉を寄せた。

「まだです。なかなか相手も狡猾《こうかつ》で、お狐さんの情報網をもってしても尻尾が摑めません」

「そうか」

嵐も上総と共にあやかしオークションに乗り込んで猫又《ねこまた》を捕獲した一妖だ。常にこの件に関してはアンテナを張っていて、お狐さんたちを使って情報を収集している。それでも手掛かりが摑めないのなら、それだけ相手も警戒しているということだろう。

「かわいい楽真を競売にかけた極悪あやかしを早《はよ》う捕まえて、しばき倒してやりたいんやけどな！」

「いや、そもそもかわいい俺をわざと拉致《らち》させてわざわざ競売品にしたのは、この人だからね」

楽真が恨みがましく上総を指さすと、嵐は聞こえないふりをして神妙に頷《うなず》いた。

「まぁ、あやかしオークションなんてとんでもないことを考えつく奴や、物凄い悪党に違いないで。十分気をつけなあかんな」

「だから、あんたの言うかわいい俺をオークションで囮《おとり》に使ったのは上総なんだから、しばき倒すなら、まず上総を……」

「それにしても、あやかしの世界も変わったもんやで。昔ならオークションなんて方法は考えもつかんかったで？　恐ろしい世の中になったもんや」

「って、無視するな！　俺がかわいいとか言ってるのは口先だけだろう！」

「上総様をしばけるかーい！」

突然、叫んで嵐は楽真を抱きしめて号泣した。

「俺に上総様と楽真を天秤《てんびん》にかけろっちゅうんかいな！　この小悪魔め！　そりゃ俺にも思うところはたくさんあるで、せやけどご主人様をしばけるわけないやろ、恐ろしいー！」

その時、スコーンと何かが飛んできて嵐の額《ひたい》に直撃した。

「って！」

嵐の膝《ひざ》元に飛んできた箸《はし》置きがコロコロと転がる。

上総が、珍しく眉を吊り上げて嵐を睨んだ。

「食事くらいおとなしく食べられないなら、出入り禁止にするぞ」

「す、すんません……」

そっと、楽真から離れ、嵐はしょんぼりと箸を持ち直した。すると、にんじんを一生懸命かじっていた兎三郎が呆《あき》れたようにヘタをペッと噴き出した。

「お前ら、黙って聞いてりゃ好き勝手言いやがって。楽真は囮に使うにはなかなか最適だってわかってるだろうが」

「兎三郎」

上総がたしなめたが、珍しく兎三郎は黙らなかった。

「楽真には上総様の首輪がついてるんだ。言っちまえば、どのあやかしよりも安全なんだよ。それをまぁ恨みがましくよぉ」

兎三郎は両腕を組んで、弟分を説教する。

「わかってるよ」

楽真は拗ねて小狐を膝に乗せた。

楽真にはある秘密があるため、オークションの競売品としてピッタリなのは否《いな》めない。オークションだけではない。楽真はこれのせいで、いろいろなあやかしから魂や寿命を狙われる危険がある。それゆえ、上総の守護の術が常に施されているのだ。これが兎三郎が揶揄《やゆ》する『首輪』だ。というのも、この守護の術は実に窮屈《きゅうくつ》なのだ。楽真の居場所はすぐに上総にばれてしまうので、うっかり内緒の行動もできなくなっている。

あやかしになったばかりの頃は何回も彼のもとを逃げ出したが、その度に連れ戻されてきた。楽真が上総をストーカー呼ばわりするのも、この守護の術のせいだ。いくら身を守るためだとはいえ、常に行動を把握《はあく》されていては良い気分はしない。

唯一、上総が眠りに落ちる満月の時期はその守護が弱まるのだが、危険を遠ざけるために結界を張った屋敷から出ることは許されていない。だから、楽真も上総が目覚めるまで屋敷に籠《こ》もることになるのだ。

「そう！　そうやで楽真。お前には上総様の鈴がついとるんや。安心して囮になればええ」

嵐が、ちゃっかりと寝返ったので楽真は呆れた。

それにしても、首輪だの鈴だのもう少し言い様がないものだろうか。なんだか上総の所有物扱いされているようで気にくわない。

楽真はそっと溜め息をつくと、和え物を食べ終えて物足りなそうにしている小狐に、自分のものも分けてやった。小狐はぺこりと頭を下げておいしそうにほおばる。同じ狐でもこうもかわいさが違うものかと、楽真は嵐に軽蔑《けいべつ》の眼差しを送った。

2.

警視庁捜査一課、画楽多堂専任管理官の来栖圭人《くるすけいと》は、四月下旬の爽《さわ》やかな風を感じながら、勾配《こうばい》の激しい坂道をゆっくりと歩いていた。

今日は非番を利用して世田谷《せたがや》の知人宅を訪ねる途中だ。彼の好きだった銘柄《めいがら》の日本酒を土産《みやげ》に持って来ているが、連絡が取れないのでアポは入れていない。留守だったら無駄足だと心配しながら坂道を登りきると、数メートル先にずらりと並んだたくさんの人に出くわした。

（なんだ？）

道すがら辿《たど》ってみると、行列は丘の上にある神社に繋《つな》がっているようだった。

以前来た時は神社の周囲に人気《ひとけ》はほとんどなかったはずだが、いったい何があったというのだろうか。

（祭り？）

それにしても鳥居から歩道にまで達している行列はおかしい。祭りだとしてもこの行列はないだろう。

首を傾げながら丘から離れ、圭人は目的の家へと急いだ。

件《くだん》の家は神社の目と鼻の先にある。建てたばかりなので壁も屋根も全てが新しかった。こぢんまりとした造りだが、住みやすそうな印象を受けるいい外観だ。

佐伯と記された表札には夫婦の名前が並んでいた。この家の主、佐伯秋は圭人が警察大学校を卒業してから勤務した代々木《よよぎ》署の先輩刑事だ。だが、彼は圭人が本庁に異動になってすぐに刑事を辞めてしまったと聞く。気になって何度かメールをしたが、一度も返事は返ってこなかった。さすがに心配になり、こうして様子伺いに訪れたのだが、はたして家人はいるだろうか。

心配しながらインターホンを押すと、幸いにも女性の声が返ってきた。

佐伯の奥さんとは一度だけ会ったことがあるが、細身の美しい女性だった。厳《いか》つい佐伯と並ぶとまるで美女と野獣のようで、所轄連中にもよくからかわれていたものだ。

「あ、突然お邪魔してすみません。代々木署でお世話になっていた来栖です。佐伯さんはご在宅でしょうか？」

丁寧に名乗ると、すぐに玄関のドアが開いた。

「まぁ、いらっしゃい来栖さん。お久しぶりね」

佐伯の妻、彩菜は一年ぶりに優しい笑顔で圭人を迎えてくれた。相変わらず痩身《そうしん》だが、その美貌は少しも変わっていなかった。黒目がちで穏やかな目元。紅《べに》もさしていないのに赤く色づいた口元が印象的で、いつも見入ってしまう。

「すみません、いきなり来ちゃって。あの……佐伯さんはいらっしゃいますか？」

「ええ。もちろんいるわよ。上がってちょうだい」

快《こころよ》く招かれ、圭人は胸を撫でおろした。

「佐伯さんがご在宅でよかったです。いらっしゃらなかったら非番が潰《つぶ》れるところでした」

「そうね。でも、そんな心配は無用だったのよ。あの人は最近家に籠もりきりなんだから」

コロコロとした笑い声が耳に心地いい。美人は顔だけでなく声も綺麗なのだろうか。

「――あなた、来栖さんがいらっしゃったわよ」

「お久しぶりです。佐伯さ……――っ」

彩菜に案内されたリビングへ足を踏み入れたとたん、圭人は漂う油絵の具の臭《にお》いと部屋中に置かれた無数の絵にギョッとした。おまけに、絵に囲まれてソファに座っている佐伯は驚くほど痩せ衰《おとろ》えている。屈強な体軀《たいく》の佐伯しか知らない圭人は、一瞬別人かと目を疑ったほどだ。

「おう、来栖か。久しぶりだなー。本庁でヘマをやらかしてないだろうな」

佐伯は圭人の顔を見るなり、にっかりと笑った。痩せ方は異常で顔色も悪いというのに表情は明るい。圭人は不思議な気持ちで佐伯の前のソファへ腰かけた。

「さ、佐伯さん。どうしたんですか？　どこか具合でも悪いんですか？」

挨拶もそこそこに問うと、佐伯はきまりが悪そうに口端を曲げた。

「刑事を辞めたとたん、体がなまっちまってなー。この通りすっかり痩せちまったよ」

いや、体がなまったレベルの痩せ方ではない。これは重病人のそれだ。

「まさか、なにか病気に？　それで刑事を辞められたんですか？」

「はぁ？　違う違う。いたって俺は健康だよ。――まぁ、この歳になって急に第二の人生ってやつを歩んでみたくなってな。刑事以外の仕事につくのも悪くねぇかなと思って辞めただけだよ。――まったく俺らしくねぇよな」

「……え、ええ。そうですよ」

ずっと同じ仕事ばかりしてきて、ある日突然進むべき道を模索しだす人は多くいるだろうが、佐伯はいつも刑事一筋だと豪語していた男だ。彼だけは定年まで刑事をやっているだろうと圭人は勝手に思っていた。だから、まだ彼の退職が信じられない。

「刑事以外のことって……それで絵を？」

「あー、こいつは単なる趣味だよ」

佐伯は圭人から手土産を受けとると、嬉しそうに彩菜につまみとコップを頼んだ。素直にキッチンへ行く彩菜の後ろ姿を愛《いと》しそうに見つめる佐伯に、圭人はまた違和感を覚えた。

佐伯はあまり家庭を顧《かえり》みない人だった。かなりの亭主関白で自《みずか》ら妻の話などしたことがない。一度お邪魔した時も、彩菜にはほとんど話しかけず、目もあまり合わせていなかった。なのに、今は彩菜の一挙一動が気になるようで、常に視線が彼女に向いている。

なにもかも人が変わったような佐伯に、圭人は内心で何度も首を傾げた。

「趣味ですか……それで彩菜さんをモデルに？」

キャンバスに描かれているのは全て女性だ。よく見ると彩菜に見えないこともないので問うてみたが、お世辞にもうまいとは言えない。佐伯にあまり絵心はないようだ。

「仕事をやめて暇になったから絵でも始めてみようと思ってな。モデルが彩菜しかいないもんだから、女房に囲まれるハメになっちまった。まさか捨てるわけにもいかねぇしな」

愚痴《ぐち》りながらも佐伯は嬉しそうだ。

見ると、リビングの隅《すみ》に置かれたイーゼルに描きかけの彩菜の絵が掛けてある。彼は家に籠もって日がな一日彩菜を描き続けているのだろうか。

「もう恥ずかしいから私を描くのはやめてって言ってるんだけどね。──はい、適当なもので悪いけれど。どうぞ」

キッチンから出てきた彩菜がテーブルにいくつかのつまみとコップを置いてくれた。

「ありがとうございます」

「まぁ、今日はゆっくりしていけよ。本庁での話もたっぷりと聞きたいしな」

「あ、はい」

佐伯が日本酒をコップに注いでくれた。その様子を見ていた彩菜が心配そうに言う。

「あなた、あんまり酔わせたらダメよ。来栖さんはお酒が強くないんだから」

「わかってるよ。──お前、前にうちに来た時酔いつぶれてそのまま寝ちまったもんな。おまけに二日酔いで次の日仕事でポカやらかして、俺まで上司に叱《しか》られちまったんだ」

「そ、そうでしたっけ？」

「そうでしたっけじゃねぇよ。ったく、あの時はえらい目にあったぜ」

豪快に笑う佐伯につられるように彩菜もクスクスと肩を揺らす。

所在がなくなった圭人はごまかすように頭を掻いてコップの酒に口をつけた。ふと見るとテーブルの端に置かれた新聞紙の下に本が置いてあった。その背表紙のタイトルを見てつい目を瞬く。

「写楽じゃないですか。佐伯さん、写楽が好きなんですか？」

手に取った本の表紙には写楽と豊国の絵が並んでいた。ライバル関係をあおるような夕イトルがつけられているが、要は二人の絵師に注目した研究本だろう。

「俺が好きなんじゃねぇよ。浮世絵好きの彩菜に押しつけられたんだ。どうせ暇なんだから見ろだと。俺は写楽より豊国のが見栄えがするから好きだがね」

「——そうですか？　俺は写楽の方が好きですね」

圭人は楽真の顔を思い出しながら言う。二人のライバル関係は有名だ。この本を楽真に見せたらなんと言うだろうか。

「お前まで写楽かよ。彩菜も写楽派なんだ。けど、俺は写楽は嫌いだね」

舌打ちをして佐伯は酒をあおった。

「写楽には夢がねぇ。いくら絵が達者だろうが、夢がねぇと大衆は寄りつかねぇ。役者なんてもんは夢を売る仕事だろ。そんな人間の粗を誇張して描いて何が楽しいんだ。真を得てるのはいいが、描かれた方も、それを見せつけられるファンもたまったもんじゃねぇよ。役者は役者に夢を見るんだ。役者自身も夢の中で生きてるんだ。現実を突きつけて、人の夢を強引に覚ますような絵は好きじゃねぇ」

饒舌《じょうぜつ》に写楽への不満を述べる佐伯を、圭人はまじまじと見つめた。

「意外です。絵の好き嫌いはともかくとして……佐伯さんが夢を語るなんて……」

「な、なんだよ」

「なんていうか、あなたはもっと現実的な人だと思っていたので」

佐伯なら、きっと写楽の方が好きだろうと思っていた。白黒はっきりさせたがる性格で夢なんて語るようなタイプではなかったので、きっぱりと現実を見せてくれる写楽の方を好むだろうと想像していた。

「けっこうロマンチストなんですね」

「気持ち悪い言い方するんじゃねぇよ」

佐伯はふんと鼻を鳴らして、彩菜の料理を口に放り込む。

「――でもね、私が親しくさせてもらってる画廊の店主さんが言うには、二人はライバルじゃなかったんですって。とっても仲良しだったそうよ」

彩菜が口を挟むと、佐伯が皮肉気に笑った。

「また、それか。画廊の店主の妄想話は聞き飽きたよ。口を開けば、それなんだから」

「もう、あなたったら。そんな言い方はないでしょ」

「そもそも俺は浮世絵に興味がないんだよ」

「そんなことばっかり言って。浮世絵は日本が世界に誇る文化なのよ。あのゴッホだって浮世絵に魅せられて……」

「はいはいはいはい」

だから目につかないように新聞の下に隠してたんだと小声で言われ、圭人は噴き出した。意外なところで楽真が夫婦ゲンカの種になっているのがおかしい。

「そういえば、ここに来る途中、神社ですごい行列を見ましたよ。お祭りでもやってるんですか?」

あの異常な行列の話題を持ち出すと、佐伯は顔を歪《ゆが》めた。

「ああ、あれなー。……なんでも、あそこの神社の絵馬に書いた願い事はなんでも叶うってんで、最近急に参拝客が増えたんだ。まぁ誰かが適当なネタをネットで拡散したんだろ。おかげで朝から晩まで大騒ぎだ。元々静かな住宅地だったのに急に騒がしくなっちまったから、近所のもんは迷惑してるんだよ」

「そうだったんですか」

それならあまり珍しいことではない。ちょっとしたことをネットで拡散され、一夜にして有名スポットになることはよくあることだ。

「くだらねぇが、まぁ、ブームが過ぎるまでの辛抱だな」

「そうですね」

急に仕事を辞めたり、劇的な痩せ方を見て心配もしたが、佐伯の受け応《こた》えはしっかりとしている。目の下のクマを見ると、病院に行ったらどうかと言いたくなるが、そういうことは良妻の彩菜がコントロールしているはずだ。彼女が平穏な顔をしているのなら、圭人が過剰に心配することではないのかもしれない。

「佐伯さん、今度また呑みに行きましょうよ」

「ああ、そうだな。お前はまだまだ頼りねぇから、俺が目を光らせてやらねぇとな」

「酷いな」

いつしか、圭人は佐伯といろんな話で盛り上がっていた。相変わらず彼のアドバイスは的確だ。人生の師と言えば大げさだが、佐伯は刑事としても人としても圭人よりずいぶん上にいる。多少話がくどくても、その全てが貴重で勉強になるので、たとえ呑みの場だとしても彼の説教なら大歓迎だ。

気がつくと、時刻は夜の八時になろうとしていた。すっかり長居してしまった圭人は恐縮して立ち上がった。

「すみません。こんな時間までお邪魔してしまって。ここらへんで失礼します」

「なんだよ、まだいいじゃねぇか」

「いえ。夕飯までごちそうになってすみませんでした」

「気にすんな。ずっと二人きりだから彩菜も腕のふるいようがなかったんだ。また来てこいつの手料理を食ってやってくれ」

佐伯が彩菜を見ると、彩菜は頷いて笑みをこぼした。

「今度は材料を買い込んで、とっておきの料理を作るから楽しみにしててね」

「ありがとうございます」

残念そうに見送ってくれた二人に礼を言って、圭人は佐伯家を後にする。

日も暮れたせいか、神社の行列はすっかりなくなっていた。さすがに夜に参拝する者は少ないらしい。

鳥居を横目に見ながら、圭人は所轄時代の同僚にメールをする。佐伯が刑事を辞めたことを教えてくれたのは、圭人と同年代の鈴原《すずはら》という男だ。鈴原は今も代々木署で刑事をやっているので、彼からいろいろと情報が入ってくるのだ。

今日、佐伯家にお邪魔したこと、佐伯自身も奥さんも元気そうだったので安心したことを知らせると、メールを送ってから一分もしないうちに相手から電話がかかってきた。

どうしたのかと通話ボタンを押した圭人は、鈴原の口から思いもよらぬ話を聞いて呼吸が止まるほど驚いた。

『――なに寝ぼけたことを言ってんだよ来栖。佐伯さんの奥さんは二カ月以上も前に亡くなってるよ！』

3.

「嵐兄さん、いつまで居座るつもりだよ」

昼飯どころか夕飯まで食べた嵐がなかなか帰ろうとしないので、楽真はあからさまにさっさと帰れと手で追い払うような仕草をした。それでも嵐は性懲りもなく「今日はお泊まりするで！」と親指を突き出してきた。

「嵐兄さんと一緒に寝よな！」

「死んでも嫌だ」

「もふもふの妖狐になったるさかい」

「お狐さんならともかく、あんたの場合大きすぎて寝苦しい」

いつもの不毛なやりとりをしながら、客間に嵐の布団も用意しなければいけないので面倒くさいと愚痴っていると、画廊の鈴の音が屋敷中に響き渡った。こんな時間に客が来たのかと嵐と顔を見合わせ、楽真は屋敷から姿を消す。

なぜか嵐もついてきたので二人して画廊に顔を出すと、店の外に血相を変えて息を切らせた圭人が立っていた。

「なんや、キャリアのお坊ちゃんやないか」

「こんな時間に、事件でもあったのかな？」

中に入れてやると、圭人は突然、楽真の腕を掴んだ。

「ら、ら、楽真さん！　あの……その……！」

「どうした？　落ち着けよ。ちょっと待ってな」

あまりにも圭人の様子がおかしかったので、楽真は画廊のシンクの下にある小さな冷蔵庫からペットボトルの水を取り出して渡してやった。

「す、すみません」

　主人は水をガブ飲みすると、ようやく落ち着いたように一息ついた。

「なにかあったのか？」

「は、はい！　すみません、ちょっと聞いていただきたいことがあるんです！」

　主人はペットボトルを潰すほどの勢いで握りしめ、楽真の腕を再び摑んだ。何が気に入らなかったのか、嵐が横からペシッとその手を叩き払う。

「なんや、はよ言えや」

　失礼な態度ではあったが、嵐と面識がある主人はたいして驚きもせず神妙に頷いた。

「す、すみません……バカなことをお聞きしますが……。楽真さん、死人が生き返ることってあるんでしょうか？」

「死人が？」

「はい」

「詳しく話してみろよ」

　主人の言葉は突拍子もないことのように聞こえるが、楽真は動揺しない。

「俺の所轄時代の先輩が最近急に刑事を辞めたので、今日様子を見に家へ行ったんです。奥さんと一緒に快く出迎えてくれて、三人で酒も飲んで……。楽しかった……なのに……奥さんは二カ月以上も前に亡くなっていると聞いたんです！　楽真さん、これっていったいどういうことなんでしょうか。俺が会ったあの人は絶対に先輩の奥さんだったのに！」

　圭人は混乱を隠せないようだ。死んでいるはずの人間が生きていたのだ。普通の人間なら恐怖を感じてもおかしくない。

「落ち着けよ。死人が生き返ることがあるのかって聞くなら、あるよ。あやかし絡みならな」

「……あやかし」

　圭人はハッとしたように楽真たちを見た。

「――で、その奥さんとやらはあやかしっぽかったんか？」

「い、いえ……わかりません。でも、俺はあやかしには見えなかった。生前のままの奥さんがそこにいたんです……」

「ふーん。せやったら死体にあやかしが取り憑《つ》いたとかじゃなく、文字通り死人がそのまま蘇《よみがえ》ったのかもしれんな」

「――そ、それはどういうことなんでしょうか？」

「――その夫婦について他に変わったことはないんか？」

　嵐に言われて、圭人は二人と交わした会話を必死に思い出し始めた。

「そういえば……、先輩が病的に瘦せていて……あと、気になったのは彼らの自宅近くにある神社が急に賑わいだしたことくらいで……」

「急に賑わいだした?」

「あ、はい。そこの神社の絵馬に願い事を書くと、なんでも叶うらしいんです。よくあるパワースポットですかね。今日も近くを通ったんですが、すごい行列が敷地外にまで及んでました」

「なんちゅう名前の神社や」

圭人は慌ててスマホで地図アプリを開いた。神社名は覚えていないらしい。

「あ、たぶんこれです。『清水《しみず》稲荷』」

「お稲荷さんやて!?」

血相を変えた嵐にスマホを奪われて、圭人は戸惑う。

「俺にも見せて」

楽真が横から覗き込むと、神社の外観と口コミがのっていた。そこは願い事を叶えてもらった人々の喜びの声で溢れている。

「んな、アホな! 関東と近畿地方の稲荷神社のお稲荷さんはみんな俺の眷属や。こんな変化が起こったら、まず俺に報告があるはずやで」

「嵐兄さんのところに清水稲荷のお狐さんが顔を出したことはないのか?」

「そういや最近ないな。……それにおかしいんは神社が願い事を叶えたっちゅうことや。お稲荷さんは一応神様扱いされとるけど、ほんまは狐のあやかしや。ただで願い事は叶えへんのや。それに願掛けに応えるのは俺が固く禁じとる。神様として崇《あが》められとるなら、領分はわきまえんとあかんからな。あやかしはただで人の願いなんか叶えへんねん。何かと引き換えやないと人間のためには動かん。神様がそんなことしたらあかんやろ」

「うん、兄さんの言う通りだ」

楽真は感心して頷いた。いつもはバカなことばかりやってふざけているが、上総の側近を務めているだけあって言うことに筋が通っている。

「でも、だったら、この神社で願い事を叶《か》えてるのはどこの誰なんだ？」

純粋な問いを投げると、嵐は唇を噛んだ。

「俺のお狐さんが心配や、ちょっとこの神社に行ってくるわ」

嵐は圭人にスマホを返すと足早に画廊を出て行こうとした。それを止めたのは楽真だ。

「待って、嵐兄さん。俺も行く！」

「あ、俺も行きます！」

当然のように嵐の後を追う楽真に、圭人も慌ててついてきた。

楽真たちは人気のなくなった清水稲荷の階段を駆け上がった。

綺麗に手入れされた樹木に囲まれて、こぢんまりと建っている本殿には『清水稲荷明神』としっかり記されている。あちこちに稲荷の像があるが、楽真の知るあのかわいらしいお狐さんとは違って凜々《りり》しくも畏怖《いふ》を抱く姿だ。社務所もあるが、今は窓が閉められていて灯《あか》り一つついていない。

暗いので不気味さは感じるものの、どこにでもある普通の神社だった。嵐は鳥居を潜るなり必死にお狐さんを呼んでいるが、小狐は姿を現さなかった。

「おかしい。お狐さんの気配が全然感じられへん」

「気配って……お狐さんの存在そのものがここにはないってこと？」

楽真が尋ねると、嵐は険しい顔をして頷いた。

「くそっ！　いったい、なにが起きとるんや」

「嵐兄さん……」

拳《こぶし》を握りしめる嵐を、楽真は心配そうに見る。とりあえず異変がないか探るため首を巡らせると、社務所の横にある小さな絵馬堂が異様な気配を放っていた。楽真たちは黙って絵馬堂に近づく。

絵馬掛けには、数え切れないほどの絵馬が溢れている。一枚一枚見てみれば、きちんと自分の住所と名前、年齢までもが記されていた。その上で人々の様々な願い事が綴られている。『恋愛を成就させたい』『仕事がうまくいくように』『受験に合格するように』など、人間なら一度は神頼みしたくなるような一般的な願望が多い。中には誰と誰を別れさせたいだの、恨みを抱く人間の不幸を願うような物騒なものまであった。

「これを全部、誰かが叶えてたんですかね……。――あっ」

重なりあう何枚もの絵馬をめくっていた圭人の手が驚きと共に止まった。

「どうした？」

「死者を生き返らせてほしいという願いもいくつかあります」

「え？　嘘《うそ》だろ。本当に死者の蘇りを絵馬が叶えてるってのか？」

「この願いが叶ってるのかどうかはちゃんと検証してみないといけないとは思いますが――っ！　……そ、そんな。ありえない」

圭人が一枚の絵馬を外した。

「圭人？」

「……これ」

死者の復活を願う絵馬には佐伯秋という名前が記されていた。

「俺の先輩の名前です」

「住所も名前もお前の知り合いで間違いがないのか？」

「はい。でも先輩が絵馬を書くなんて……」

「そういうタイプじゃないのか？」

「全然違います。佐伯さんは刑事として毎日厳しい現実を見続けてきた人です。神や仏なんてものは全然信じていなかった。神頼みなんて刑事がするものじゃないというのが彼の持論でした。もし、彼が、神にすがったとなるとよほどのことです」

絵馬に記された内容を読んで、圭人の身体がぐらりと揺れた。それをとっさに楽真が支える。

「大丈夫か？　なんて書いてあるんだ」

「……『妻を生き返らせてほしい』……やっぱり奥さんは亡くなってたんだ……」

「圭人」

耳元で声をかけると、圭人は我に返ったように楽真から離れた。刑事として情けない姿を見せられないとでも思ったのだろうか。きちんと自分の足で立った圭人の背中を楽真はポンッと叩いた。

すると、横から大きな舌打ちが聞こえた。首を向けると、嵐が険しい形相で仁王《におう》立ちしている。

「嵐兄さん？」

整った唇の端から牙が生え、頭部には白く尖った狐耳が生えている。尾てい骨付近では九尾の尾が四方八方に揺れていた。明らかに人外だとわかるその姿に、圭人が後ずさった。たとえようもない憤り《いきどお》がビシビシと肌を刺激してくる。楽真は内心で焦った。普段はちゃらけているが嵐は大妖怪だ。こうなると楽真では抑えることができない。

「いったいどこのどいつや、俺のお狐さんの社《やしろ》をぶんどって人間の願いなんか叶えとる奴は！　出てこいや！」

絵馬全てを引きちぎらんばかりの勢いで、嵐が咆哮《ほうこう》を上げた。

「ら、嵐兄さん落ち着いて！」

慌てて楽真が嵐の胸に手をかけた時だった。絵馬堂全体に霧が噴き出した。

「――なんだいなんだい騒がしいのう。わしゃ毎日忙しいんじゃよ。夜ぐらい気持ちよう寝させておくれ」

ぼうっと姿を現したのは、齢百は超えていそうな腰の曲がった老人だった。白髪と髭は胸元を越えるほど長く伸びている。深緑色の着物をそつなく着こなし、どこか品がある姿は山水画に描かれた仙人のようだ。老人を見ても楽真はたいして驚かなかった。絵馬が絡むとなればこのあやかししか心当たりがない。

「やっぱり……『絵馬の精』お前だったのか」

「絵馬の精？」

圭人が問うので、楽真はこっそりと教えてやった。

「主のいなくなった神社に住みついて、絵馬に書かれた願いを叶えてくれるあやかしだ。絵馬の願いを叶えるってところで、だいたい予想はついてたんだけどな」

「え？　それって良いあやかしじゃないですか」

「ただで叶えてくれるならな。嵐兄さんも言ってただろ。あやかしは基本的に人の願いは叶えないんだ。もし叶えてもらったりしたら、人はなんらかの対価を払わなきゃならない。……こいつは人の弱いところにつけ込んで人間の運気を奪うんだ。願いが叶った人間は、その願いの大きさの分だけ不幸に見舞われる。病気になったり、事故にあったり、大切な人を亡くしたり、なにをやってもうまくいかなくなったり。……だけど、人はその不運の原因が絵馬に書いた願いのせいだとは気づかない」

「こ、怖いですね……」

「なんじゃなんじゃ。珍しいお客さんじゃのう。人間があやかしの皮をかぶっておるわい」

絵馬の精は楽真を見てひゃひゃひゃと笑った。楽真は気にした様子もなく絵馬の精に一歩近づいた。

「爺《じい》さん、あんたがこの神社の主か？」

「そうじゃが」

「ここで悪さしてたのはあんたなのか？」

「悪さとは心外じゃな。わしゃ他力本願な人間どもに少し灸《きゆう》をすえてやってるだけじゃよ」

「――そんなことはどうでもええ！　ここは元々、稲荷明神やったはずや。せやのにお狐さんの気配が少しもせぇへん！　お前、なんか知っとるやろう！」

嵐が吠えると、絵馬の精がぶるっと震えた。

「妖狐じゃないか。まさか、こんな大妖怪までお目見えとは。なにがどうなっとるんじゃ」

さっきまで余裕を見せていた絵馬の精がわずかに焦りを見せる。

「わ、わしはなんもしとらんぞ！　人間が勝手にわしに願い事をしていくんじゃ。叶えてやって何が悪い！」

「お前の悪さはどうでもええ言うとるんや！　お狐さんはどこや！」

嵐はとうとう絵馬の精に摑みかかった。

「ひえ！　し、知らん！　狐なんぞわしは知らん！　住処《すみか》がなくてさまよっている時に、ある男からこの神社を紹介してもらっただけじゃ！　元の主の稲荷は消えたからと！」

「お狐さんが消えた？」

「男は消滅したとか言うとったが」

瞬間、嵐の咆哮が神社の木々を揺らした。物凄い突風が渦を巻き、目を開けていられない。吹き飛ばされないように足で踏ん張っていると、嵐の姿は大きな九尾の白狐《びゃっこ》へと変貌していた。

「グオオオオオオ！」

「ら、嵐兄さん！」

楽真がとっさに絵馬の精の前に出る。だが、嵐は片足で楽真を簡単に払ってしまった。

「うわぁ！」

楽真はしたたかに背中を絵馬掛けに打ち付けた。とっさに頭を庇《かば》ったせいで両腕がすりむけて血が滲《にじ》む。圭人はギョッとして楽真に駆け寄った。

「大丈夫ですか⁉」

「お前は隠れてろ！」

嵐はすっかり自我を失っている。このまま暴走したら圭人にまで危害を及ぼすかもしれない。なんとかして止めなければと思うが、楽真にはどうすることもできなかった。

「お前だけは許せへん！　俺のお狐さんを返せやーっ！」

「ぎゃあああ！」

嵐の鋭い牙が絵馬の精に突き刺さろうとした刹那《せつな》、なぜか嵐は大きく首をのけぞらせた。

「グアアアア！」

何かに引っ張られるように絵馬堂から引きずり離された妖狐が、背中から盛大にひっくり返った。轟音《ごうおん》と共に地面に沈んだ嵐が警戒するように飛び起きる。

「なんや、これ！」

嵐は、まるで首輪を嫌がる犬のように激しく暴れた。

楽真が目を凝《こ》らしてみると、嵐の首には細い糸が何本も巻き付いていた。目で追った糸の先には、なんと巨大な土蜘蛛がいるではないか。

「皇《すめらぎ》兄さん！」

あの土蜘蛛は上総の古い眷属だ。なぜ彼がここに現れたのかはわからないが、ひとまず嵐と同レベルの妖力を持つ彼なら、この場をなんとかしてくれるはずだ。楽真は心から安堵して体の力を抜いた。

皇は凶暴な野犬を従わせるように蜘蛛の糸を思いっきり引いた。

「――何しに来たんや、皇！　俺がこの爺さんをぶっ殺したるんや！　邪魔すんな！」

「黙れバカ狐。正気を失ったお前に自由はない！」

「なんやと！」

ググググと首を上げて蜘蛛の糸を引きちぎろうとする嵐と、糸で動きを封じようとする皇は均衡状態を保ったまま睨みあった。

「こうなったら、しゃあないわ。お前もあの爺さんの道連れにしたるわー！」

嵐が地面を蹴った。引いてダメならとばかりに皇めがけて突進した嵐の鋭い爪が土蜘蛛の足をもぎ取ろうとした瞬間――

「そこまで！」

怒気を含んだ一喝《いっかつ》が響き渡った。皇の蜘蛛の糸が一閃《いっせん》の光と共に切断される。自由を得た嵐の身体が急ブレーキをかけるようにピタリと止まった。いつの間にそこにいたのか、二妖の間に上総が凛《りん》と立ちはだかっていた。軽く唸《うな》る嵐の鼻先に、上総は太刀《たち》の切っ先を向ける。

「冷静になれ嵐。何があろうとも、眷属同士での闘争は許さん」

「上総様……」

厳しくも諭《さと》すような声音に、嵐はきゅうと鳴いて後ろ足を折った。大きく項垂《うなだ》れた嵐の大きな目からボロボロと涙がこぼれ落ちる。お狐さんを失くした怒りと悲しみ、そして上総の眷属としての誇りの中で嵐は葛藤しているようだった
「……まったく、しょうがない奴だな」

上総が太刀を宙に投げるとくるりと一回転して、まるっこい兎《うさぎ》へと変わった。

「大丈夫か！　楽真」

兎三郎がピョンピョンと楽真のもとへと跳ねてくる。

「あ、ああ」

思わず兎を抱きしめ、楽真は緊張したまま上総たちを凝視した。

嵐は叱られた子犬のような情けない上目遣いで地面に伏せている。

「――上総様……。すんません。俺……俺は……」

上総は嵐の鼻先を撫でて、柔らかい表情で頬を寄せた。

「俺にもお前の気持ちはよくわかる。眷属は我が子も同然だからな」

「はい……申し訳ありませんでした」

我を取り戻した嵐の姿に楽真はホッとしたように目を閉じた。潤んだ瞳を誰にも見られたくない。

あんなに荒れていたあやかしを一瞬でいなしてしまうカリスマ性と、あやかしたちから寄せられる信頼。

楽真は剣《つるぎ》上総の凄さを改めて実感した。


「……嵐兄さん、うっとうしい」

楽真は辟易《へきえき》とした顔で、背後から首に回された嵐の両腕を摑んだ。人型に戻った嵐は楽真の背中にべったりと抱きついて離れようとしなかった。

落ち込んだ声でブツブツと何か言っているので注意して聞いてみると、嵐はひたすら謝り続けていた。

「ごめんなぁ、ごめんなぁ楽真〜。痛かったやろ。悪い兄さんでごめんなぁ。俺はもうあかん、楽真に乱暴を働くなんてあやかし失格や。ああ……腕から血が出とるやないかぁ……舐《な》めたろか？」

「いらんわ！　狐じゃないんだから、そんなんで治らねぇよ！」

なぜ上総たちがここに来たのかは聞かなくてもわかる。楽真の首輪だ。あんな状態で危機に陥っている楽真に上総が気づかないはずがない。調子がいいかもしれないが、今回ばかりは守護の術に感謝するばかりだ。

「舐めんで、どうやって治すんやー!」

本気で嵐が驚いているので、楽真は苛立《いらだ》った。

「舐めなくてもこれくらいの傷自然と治るんだよ! ——もう、皇兄さん、これなんとかしてくれよ!」

ゴスゴスッと後頭部を嵐の顎《あご》に打ち付けて、楽真は皇に助けを求めた。

土蜘蛛から人の姿になった皇は、涼しげな目元をした美形だ。肌が透き通るほど綺麗で、男ながらも化粧品のコマーシャルに出られるのではないかと思うほどだが、それに反して格好はパンクロッカーのようだった。黒髪に交じる一房の銀髪。首筋に刻まれた蜘蛛のタトゥーのようなもの。着ているのは黒の革ジャンにパンツ。もし背中にギターを背負っていたら完璧なロッカーだ。

「元に戻ったら戻ったでうっとうしい奴だな。俺にも謝れ嵐」

「俺の首を糸で絞め付けたお前になんで謝らなあかんねん! 危うく窒息しかけるところやったんやぞ」

「俺の足を切断しようとしたお前に言われたくない」

「蜘蛛は足が八本もあるんやから、一本くらいなくなっても平気やろ」

嵐はとんでもない台詞《せりふ》を吐いて、ツンッと顔をそらした。

「わかった。……なら、お前の尾は九尾あるから一つくらいもぎ取られても平気だな」

「……っ！　えろう、すんませんでした皇はん。ぎょうさんあっても大事なもんは大事やな！」

急に真顔になって嵐が頭を下げたので、楽真は笑ってしまった。皇は常にクールだが、嵐とはよくケンカをする。長い付き合いなのでお互いの良いところも悪いところも知り尽くしているのだろう。楽真はそんな二人の言い合いが嫌いではなかった。

片膝をついた上総の前には生気を失った絵馬の精が正座をして項垂れている。大妖怪たちに囲まれ、すっかり萎縮《いしゅく》してしまったようだ。

「――だ、だから言うたじゃろう。わしは稲荷のことなんぞ知らん。男にここに住みつけと言われただけなんじゃよ」

上総と己の力の違いが痛いほどわかっているのか、絵馬の精は怯《おび》えるばかりだ。この様子から見ても嘘を言っているようには見えない。

「男とはどんな男だ？」

「さぁのう……あやかしには間違いないじゃろうが……。金髪でダークスーツがよく似合う紳士的な男じゃったわい」

「「……ダークスーツに金髪？」」

不意に圭人と兎三郎の声が重なった。

「なんだよ、二人ともそいつを知ってるのか？」

楽真が顔を向けると、圭人は意外なことを言い出した。

「あ、はい。たいしたことじゃないんですが……大智《だいち》が初めて画楽多堂に行った時、やっぱりすんなり辿り着けなかったみたいで……。その時金髪の妙な男に声をかけられたらしいんです。その男に画楽多堂の場所を教えてもらったとか言ってましたが……」

「そうなのか？　俺の客に金髪なんていないけど……。近所の人だったのかな？」

「今どき金髪なんて珍しくはないですけど、気になるのはその男もダークスーツを着た紳士だったようなんです」

「へぇ……。偶然とは思えないなぁ——兎三郎兄さんは？」

「あ？　ああ、俺は別に……なんでもねぇよ……」

兎三郎は歯切れ悪く鼻をひくひくとさせた。

「——大智が見た男と絵馬の精に近づいてきた男は同一人物なんですかねぇ？」

「どうだかなぁ」

楽真は圭人と顔を見合わせた。ダークスーツを着た金髪の男だというだけで結論を出すのは早急すぎるので、誰も何も言わない。

上総が眷属たちの話を背中で聞きながら、一枚の絵馬を絵馬の精に見せた。

「これはお前が叶えたものじゃないな？」

それは佐伯の絵馬だ。『妻を生き返らせてほしい』という非現実的な願いに、絵馬の精は視線だけを上げた。

「ああ、それな。ひどくみすぼらしい男が掛けていったが……残念ながらわしには黄泉《よみ》から人を連れ戻す力なんぞないからのう……」

「確かにお前のような低級なあやかしに死者を蘇らせることは不可能だ。だが、これを叶えた者がいるのも事実。思い当たることはないか？」

「……だったら、あの金髪の男じゃないかえ？　その願いを持ち込んできた人間を連れてきたのもあの男じゃからのう」

「なんだって？」

上総の眉が険しく寄る。

「もし、その金髪が佐伯の願いを叶えたというなら、奴の正体は……」

「――死神じゃないかな？」

楽真が自信なさそうに呟いた。

「死神なら死者をこの世に連れ戻せるだろう？」

「――死神……ですか？」

主人に問われ、楽真は先ほどのように詳しく教えてやった。

「あやかしや人間の寿命を奪って生きる危ない奴だよ。死神は寿命を狩って糧《かて》にするんだ。己の妖力の元にしたり、文字通り喰《く》ったり……」

「た、食べる?」

「寿命を欲しがるあやかしはいくつかいるけど、そいつらと死神が決定的に違うのは、生物の寿命が死神にとっては生きる糧になるってことだ。つまり人間でいう米やパンと一緒。寿命を喰わないと、死神はやがて飢《う》えて死ぬ。たいていのあやかしは病床の人間の枕元に立って頃合いを見て寿命をいただくんだけど……中にはそれじゃ満足しない死神もいる」

「満足しないとどうなるんですか?」

「まだピチピチの人間の寿命を狩るんだ。今まで元気だったのに突然亡くなったなんていう人間は死神に狩られてることが多い」

「じゃあ、楽真さんはその金髪の男は死神だと?」

「自信はないけど、今のところ死神しか思い浮かばないよな、嵐兄さん」

「――せやなぁ。けど、もし犯人が死神ならお前の先輩の命が危ないで」

嵐の言葉に、圭人が目を見張った。

「ど、どういうことですか?」

「死神は死者を蘇らせることができるんやけど、その方法は邪悪そのものなんや。……奴らが死者を生き返らせる方法はただ一つ。死者の蘇りを一番強く願う者の寿命を与えることや」

「そ、それってまさか！」

「佐伯とかいう男の奥さんは、自分の旦那の寿命を吸ってこの世に留まっとるっちゅうことになるな」

「――っ！」

　圭人が言葉を失う。

「佐伯の寿命が尽きると奥さんは黄泉に帰る。――つまり二人の命は一蓮托生《いちれんたくしょう》。このまま放っておけば、二人ともすぐに死んでしまうやろうな」

「そ、そんな……！」

　動揺する圭人を一瞥《いちべつ》して、上総はゆっくりと立ち上がった。

「この絵馬堂にはいくつか死者の蘇りを願う絵馬もあるだろう。死神が他の死者に関与した可能性はないのか？」

　尋ねると、絵馬の精は軽く首を傾げた。

「さてのう……ないと思うがのう」

「どうしてそう思う？」

「あやつは、そのみすぼらしい男を連れてきたきり姿を見せんからじゃ」

「……」

「――上総様、確かに神社の口コミには死者の蘇りについては何も書き込まれていません。死者が次々と蘇っているなら、ネットでもっと騒ぎになっているはずです。……裏は取る必要があるでしょうが、本当に蘇りは佐伯の奥方だけなのでは？」

皇はいつも仕事が早い。あの短い間にきちんとネットチェックもしていたらしい。上総は「そうか」とだけ答えて嘆息した。

「――来栖。とりあえず、一刻も早く佐伯の家に行って奥方のことを諦めるように説得してこい。このままでは彼の命が危ない」

「あ、はい！」

絵馬を渡された圭人が返事をすると嵐が口を挟んできた。

「せやけど、死神の本来の狙いはなんなんやろうな……。わざわざ楽真の画廊に犬神憑きの来栖の弟を案内したり、来栖と関係がある人間だけを蘇らせて騒ぎを起こしたり。死者の蘇りなんぞ死神にとっては一文の得にもならんやろ。まるで圭人を翻弄《ほんろう》して遊んどるだけに見えるで」

「……嵐兄さんの言う通りだよな」

確かに、死神はなんのためにこうも圭人の周りをうろついているのか。彼は画楽多堂の専任管理官なので余計に不思議だ。本来なら悪さをするあやかしは捕まらないため目立たないように行動するものだ。

しばらく考えていた楽真は、クルリと圭人に首を向けた。

「お前、死神に狙われてるんじゃね？」

「お、俺ですか⁉」

とんでもないことを言われた圭人はすっとんきょうな声を上げた。

「なんで俺ですか！　死神に狙われる覚えなんかないですよ！」

「だって、死神はお前の関係者にちょっかい出しまくってるじゃん」

「だからって、なんで俺？」

「そんなの知らねぇよ、お前エリートのくせにぼーっとしたところあるから、知らないうちに死神を怒らせるようなことしたんじゃねぇの」

「してませんよ！」

「――らーくま」

上総が呆れたように楽真の額を叩いた。

「来栖の寿命が欲しいなら、死神がわざわざこんな面倒なことをするか。こいつはただの人間なんだぞ。一人のところを狙って狩ればそれですむことだろうが」

「そうだけど……じゃあ、なんで圭人の周辺ばっかり死神がウロチョロしてんだよ」

「……」

上総はしばらく無言で楽真を見つめていたが、やがて緩く首を振って圭人を促《うなが》した。

「早く当人の家に行ってやれ。今こうしている間にも男の寿命は奥方に吸われ続けてるんだからな」

「は、はい！」

「──あ、俺もついていってやる」

楽真が首に回る嵐の腕を離すと、上総がそれを止めた。

「お前は行くな」

「は？　なんでだよ。圭人一人じゃ心配だろ」

「そうだが……」

「なんだよ大丈夫だって！　いざとなったら俺が圭人を守ってやるから」

「そういうことじゃない」

「じゃあ、どういうことなんだよ。どのみち誰かがついててやらないと圭人だけじゃ不安だろ。嵐兄さんはまたいつ取り乱すかわからないし、皇兄さんは見た目があやしいし」

「──おい」

思わずといった感じで皇から抗議の声が上がる。

「……」

珍しく要領を得ない上総を楽真は上目遣いに覗き込んだ。

「行っていいだろ？」

「あ、俺も楽真さんについてきてもらえたら安心です。佐伯さんを前に冷静になれる自信がないですし」

「だろ？　行こうぜ圭人」

「はい」

　上総は難しい表情を崩さない。すると、皇がさりげなく主に近づいた。

「――どうかされたんですか上総様？　楽真に対するあなたの過保護は今に始まったことじゃありませんが……今回はどうもそれが過ぎるように思えます。わざわざわかりやすく事件から遠ざけるようなマネをするなんて、あなたらしくない」

　歩きだしていた楽真は思わず立ち止まりかけたが、それをすると本当に引き止められてしまうと思い、聞こえないふりをして鳥居へと向かった。背中越しに上総の声が微かに聞こえる。

「解決の方法がそれしかないのなら、俺もあいつも拒むことはできないのかもしれないな」

4.

　佐伯家の玄関の扉が開いた時楽真は全身が総毛立つのを感じた。ここに来て、上総が自分を止めた理由がようやくわかったのだ。

「あら、画楽多堂の店主さん?」

純粋に驚く彩菜に、楽真はぎこちない表情で呟いた。

「彩菜さん……あなただったんですね」

圭人は、なんのことかわからず二人を見る。

「お知り合いだったんですか?」

「ああ……」

上の空で答えると、彩菜が不思議そうな顔をしながらもリビングに通してくれた。佐伯も怪訝《けげん》な表情をしている。圭人はともかく、楽真のことを彼は知らないのだから当然だ。

「今お茶を入れてくるから、待っててね」

「ありがとうございます」

彩菜がお茶を入れに席を外したのを見計らって、圭人が佐伯に頭を下げた。

「一日に何度もお邪魔してすみません。しかもこんな夜分に」

「そりゃかまわねぇが……。なんだ、昼間とは違ってのんきな内容じゃねぇみたいだな」

佐伯は楽真に一言断ってタバコの先に火をつけた。現役だった頃はさぞかし優秀な刑事だったのだろう。眼光の鋭さが尋常ではない。

「佐伯さん。昼間、俺はあなたの後輩としてお邪魔しました。ですが、今は警視庁の刑事としてここに座っています」

「ということは、俺がなんかの事件の参考人ってことなんだな」

佐伯は煙を吐いて、タバコを灰皿に押しつけた。さすがに話が早い。

「――そっちの兄さんは同僚か？」

佐伯の目線がこちらに流れるが、楽真は俯《うつむ》いたまま返事ができない。代わりに主人が答えてくれた。

「あ――いえ。彼は知人で捜査協力をお願いしているんです」

「そうかい。なんだか心ここにあらずって顔をしてるが、大丈夫かい」

「――楽真さん」

たまりかねた圭人から声をかけられ、楽真は我に返った。

「わ、悪い。ぼーっとしてた」

「ぼーっとって……、大丈夫ですか？」

「ああ」

内心で自分を叱咤《しった》し、迷いを吹っ切るように顔を引き締める。余計な感情に流されていてはこの案件は処理できない。

「――申し訳ありません佐伯さん。俺は斉藤《さいとう》といいます。都内で画廊を営んでいまして、その……奥さんの彩菜さんとも親しくさせていただいてました」

「どういった関係なんですか？」

圭人がそっと問うてきた。

「俺の画廊の常連さんだよ」

圭人の顔が一瞬ポカンとしたように見えた。さすがにそこまで読めていなかったらしい。楽真もこの数奇な運命の巡り合わせに正直混乱していた。

佐伯の妻が……今から鞭《むち》打たなければならない死者が、あの彩菜だったとは。さすがに偶然にしてはできすぎている。

「――あんたが、彩菜に変なことばかり吹き込む画廊の店主か」

佐伯は楽真を睨み、もう一本タバコに火をつけた。明らかに苛立っている。それは楽真にではなく、きっとこの状況に対してだ。

「で、あんたらはなんのヤマを追ってるんだ。俺はめんどくせぇことに関わった覚えはないんだがな」

圭人が少し間を置いて、真剣に佐伯を見据えた。

「それは本当ですか？　佐伯さん」

「どういう意味だ」

「……佐伯さんは奥さんの彩菜さんのことをどう思っておいでですか？」

「なんだ藪《やぶ》から棒に。いい嫁だと思ってるよ」

「そういうことじゃありません。あなたの奥さんは二カ月以上も前に亡くなっていますよね？」

「――」

佐伯の眉がピクリと動いた。

「何を言ってんだお前、寝ぼけてんのか？　彩菜が死んだって？　じゃあ、今いる彩菜は何者だってんだよ」

「死者です」

はっきりと口にした圭人に佐伯の表情が固まった。圭人は件の絵馬をテーブルに置く。

「清水稲荷神社でこの絵馬を書きましたよね？　信じられない話ですが、奥さんはこの願いの通りあなたの目の前に現れた。……これは死者の蘇りです。あなたは奥さんが黄泉の人間だと知っていて、今でも一緒に暮らしているんだ」

佐伯はしばらく圭人を睨んでいたが、やがて喉《のど》の奥で笑った。

「バカバカしいことを言うじゃねぇか。ファンタジーか？　オカルトか？　近頃の本庁はこんな非現実的なおとぎ話まで追っかけてるのかよ。よっぽど暇なんだな」

「非現実的……そうですね。俺も最初はそう思っていました。この役職につくまでは」

「お前、本庁でいったいなにをやってやがる」

「主に、あやかし絡みの事件を解決しています。専任管理官として……」

圭人がそう言うと、佐伯は絶句したようだった。

「マジか。本庁が本気でそんなバカな仕事を……」

「佐伯さん、ごまかすのはやめてください。バカな仕事じゃないことはあなたが一番よくわかっているはずだ」

「やめろ！」

不意に佐伯が怒鳴った。

「あれは彩菜だ。今でも生きてるんだ。死人なんかじゃねぇ！」

「いいえ。彩菜さんは死者です。あなたは彼女の生き返りを願うあまり、死神と契約をしてしまったんです」

「死神……だと？」

「金髪の優男《やさ》に会いませんでしたか？　彼に言われてこの絵馬を書きませんでしたか？」

佐伯の顔色が変わった。明らかに覚えがある様子だ。

圭人は辛《つら》そうだ。きっと彼は、微妙な表情の変化から人間の本心を見抜く術《すべ》を、この佐伯から教わったのだろう。過去の光芒《こうぼう》を思いやり、やるせなさが増したが、楽真の心配に反して圭人は力強く話を続けた。

「その男こそ、死神なんです。酷なことを言いますが、いま奥さんはあなたの寿命を吸い取ってこの世に留まっている。早くなんとかしないと、あなたの命が危ないんです」

「うるせぇ！　黙れ！」

激高《げっこう》した佐伯がタバコを圭人に投げつけた。とっさに楽真は横から手を伸ばして素早くそれを摑む。

「楽真さん！」

掌を開くと、火に触れた部分が赤く焼けただれていた。

「大丈夫ですか、楽真さん！」

「これくらい平気だ」

「筆を持てなくなったらどうするんですか！　手は大事にしてください！」

本気で叱られて、楽真はキョトンとした。

「楽真さんの手は、あなたにとっても周囲にとっても宝と同じなんです！　粗末にしないでください！」

「ごめん」

助けてやったのに説教をされて納得できなかったが、楽真はとりあえず謝った。

圭人はタバコを灰皿に押しつけて、興奮したまま冷やしてこいだのなんだのとうるさかったが、楽真は無視をして佐伯に目を向けた。今は小さな火傷《やけど》のことなど二の次だ。

「……佐伯さん。あなた、自分の体の異常に気がついていますよね？」

「……なんだと？」

佐伯は苦虫をかみつぶしたような顔をしただけで否定をしない。それが答えだ。

「それはそうでしょうね。日に日に痩せ衰えていく己の体に無頓着《むとんちゃく》な人間なんかいない。それでもあなたがあえて奥さんをこの世に引き留めているのは……本当は奥さんと心中したいからなんだ」

「――な」

主人が仰天している。そこまで考えが及んでいなかったらしい。だが、行き着く答えはそこしかないのだ。生き甲斐《がい》だった刑事を辞めるほどの喪失感を佐伯が抱えていたのなら、彩菜と共に死ぬことを考えていてもおかしくない。

「佐伯さん……本当ですか？」

主人がわずかな表情の変化も見逃すまいと注意深く佐伯を見つめる。佐伯は小さく舌打ちをしてどこか面倒くさそうにガリガリと頭を掻いた。

「ああ、そうだよ。お前らがなんの捜査をしてるのか知らねぇが、俺がこのままでいいって言ってんだからいいじゃねぇか。残りの人生、彩菜と静かに過ごしたいんだ。放っておいてくれ」

「放っておけるわけないじゃないですか！」

感情が高ぶった主人がテーブルの上に身を乗り出す。その時、彼の視線が新聞紙の下からはみ出ている本に留まった。

「写楽……」

無意識に本を手に取った主人が、ハッとして楽真を凝視した。

「なに？」

「……そうか、そうだったんだ……」

楽真は複雑な顔を隠せなかった。写楽と豊国の絵が並んだ表紙の本には自分も見覚えがある。

「佐伯さん、昼間あなたは言いましたよね。写楽には夢がない。人は役者に夢を見る。役者自身も夢の中で生きてるんだと……。現実を突きつけて、人の夢を強引に覚ますような絵は好きじゃないって……。俺はその時、どこかあなたらしくない言葉だと思ったんだ……。俺の知る先輩らしくないと」

「……」

当の本人が横にいるのも構わずに熱く語る主人を楽真は黙って見守った。内容はおもしろいものではなかったが、今は自分への遠慮など無用だ。

「先輩が写楽を嫌いだと言った意味がわかりました。他の誰よりも、あなた自身が夢の中に生きていたからだ。奥さんの死という現実から目をそらしながら幻の家庭に浸っていたかった。……現実よりも夢、あれはあの時のあなたの本心だった。——でも、佐伯秋という男の本当の生き方じゃない」

「……」

「俺の知る佐伯さんは、何があっても真正面から現実と向き合って、どんなに酷い事件にも立ち向かっていく人だった。……今のあなたは自分の矜持《きょうじ》さえ捨ててしまっているんだ」

「……」

長い沈黙の後、佐伯が深い溜め息をついた。

「お前はどこまでもまっすぐだな……。どれだけ俺を買い被ってんだよ。俺はそんな大層な男じゃねぇよ……自分の嫁一人も守れなかった、くだらねぇ人間なんだ」

「……佐伯さん」

虚勢をはるのも疲れたのか、佐伯の声からわずかに力が抜けた。彼は再びタバコに火をつける。

「俺は根っからの仕事人間でよ……、家庭のことなんかほとんど顧みたことはなかった。事件が起きれば捜査に明け暮れる毎日でな……」

「それは、刑事ならある程度しかたがないんじゃ……」

「はっ！　お前がどう思っていたかは知らねぇが、俺は正義感から捜査に打ち込んでたわけじゃねぇんだよ。本音を言うとホシを追い詰める快感に溺《おぼ》れてただけなんだ。……まるで獲物を追う狩人《かりうど》みたいに、獰猛《どうもう》なオオカミみたいに……！　逃げる獲物を捕らえてワッパをはめることに執念を燃やす獣でしかなかった」

「……佐伯さん」

徐々に佐伯の身体が震えていく。これは彼の嘘偽《いつわ》りのない本音なのだろう。刑事の中にそういう人種がいるのは楽真も知っている。

「だけど、彩菜はそんな俺に文句一つ言わずについてきてくれた。生きているうちは気がつかなかったが、本当に俺にはもったいないほどできた嫁だった。……俺の仕事の邪魔になるからって、自分が癌《がん》になっても最後まで俺に黙ってるような……芯の強い献身的な女だった……」

「癌……ですか」

「後から医者に聞いたんだが、発見された時はステージがかなり進行していたらしい。なのに、間の悪いことによ、あいつの腹には子供ができてやがったんだ……」

「子供？」

楽真と圭人は思わず顔を見合わせた。

「結婚して十年だよ。もう俺たちに子供はできねぇんだと諦めてたのに……。よりによってこんな時におめでただ……。俺に話すと産むのを反対されると思ったんだろうよ、一人でこっそり病院に通い続けてたらしい。だけどよ、神様って残酷だよな。子供が宿って四カ月もしないうちに、彩菜は事故で死んじまった」

「……癌ではなく、事故……ですか」

佐伯の瞳から涙が溢れ出た。

「俺は、あいつの遺体と対面するまで、病気のことも子供のこともなんにも知らなかったんだよ！　自分の欲に突き動かされるまま、ただただホシのケツばっかり追っかけてて……彩菜のことはなんにも……」

佐伯の言葉は最後には声にならなかった。

「だから、刑事を辞めたんですか？」

「できるわけねぇだろう！　俺みたいなバカが桜の代紋背負えるかよ！」

胸が締め付けられて、楽真も圭人もなにも言えなかった。

「佐伯さん……」

それでも、圭人が佐伯の肩に手を伸ばそうとしたその時だった。

ガシャンッとリビングの扉の外で何かが割れる音がした。楽真は素早く立ち上がり、扉を開ける。すると、廊下に座り込んだ彩菜が顔面蒼白《そうはく》になって己の下腹部を押さえて震えていた。

床には割れたグラスが散らばっている。冷たいお茶でスカートが濡れているが、彩菜は立ち上がろうともしない。

「彩菜さん……」

楽真が声をかけると、彩菜は虚《うつ》ろな表情で顔を上げた。

「そう。そうよ……なにかおかしいと思ってたの……何かが足りないって……いつも大切なものを忘れてしまってるような気がしてて……」

「彩菜さん、しっかりして。俺がわかりますか？」

ブツブツと譫言《うわごと》のように呟いている彩菜の側に楽真が膝をつく。彩菜は流れてきた藁《わら》にすがるように、楽真にしがみついた。

「店主さん！　私の赤ちゃん……赤ちゃんはどこ？　大事な赤ちゃんがいなくなっちゃったあああ！」

この世の絶望を全て背負ったかのような絶叫が響く。楽真は唇を噛みしめて、強く彩菜を抱きしめた。

◇

今日は残念なことに月がよく見えない。雲がかかった月はどことなく不穏を感じるから好きではない。百年程前に上総が消えた時は、月が一切出てなかった。その頃のことを思い出すから、月のない日は嫌いだ。

上総がこだわって造った庭に立ち、楽真はぼんやりと夜空を見上げた。昔は星が綺麗だったのに、現代の東京で満天の星を見るのは難しい。いつかこの淀《よど》んだ空が晴れる日は来るのだろうか。

（彩菜さん……）

あの後、なんともやりきれない思いを抱えたまま、楽真たちは佐伯宅を後にした。

今は急なことで夫婦二人とも心の整理ができないだろうから、また日を置いて訪ねると告げると、佐伯からは一言「俺たちのことは、もう放っておいてくれ」と吐き捨てられた。

悲惨な彩菜の慟哭《どうこく》が、いまだに耳の奥で鳴り響いている。あんな悲しい彼女の姿は見たくなかった。

「――楽真」

屋敷の方から声がかかったので振り向くと、黒い着流しに身を包んだ上総が縁側に立っていた。全然気配を感じなかったので、楽真は少し驚いた。それほど自分は心ここにあらずだったのだろうか。

「おいで」

手招きされて近寄ると、上総は貝殻《かいがら》に入った塗り薬を見せた。

「火傷は冷やしたのか？」

「……あ」

そういえば、火のついたタバコを摑んでからなんの手当てもしていない。応急処置もしていなかったので、掌には小さな火傷の痕《あと》がくっきりと残っていた。

「どうして火傷のことを？」

「来栖から電話があった。ケアしてやってくれと」

「あいつ、余計なことを……」

促されるまま縁側に上がって座ると、上総が薬を火傷に塗ってくれた。酷くしみてようやく痛みを自覚する。

この薬は上総が調合したものだ。彼は調薬が趣味で、いろんな薬草を調合しては眷属たちの病や怪我《けが》を治しているのだが、飲み薬はいかんせん苦すぎるので飲みたがる者はあまりいない。もちろん塗り薬とてしみるので例外ではない。

「あんたの薬、よく効くけどめっちゃしみるんだよ。飲み薬は苦いしさぁ、なんとかなんねぇの？」

唇を尖らせて文句を言うと、上総は無言で掌に包帯を巻いてくれた
「いいよ、そこまでしなくて」

「お前の手は宝だろ。大切にしろ」

「……」

上総の声が一段低くなった。どうやら怒っているらしい。そういえば、圭人にも同じことを言われたなと思い出し、楽真は苦笑した。

「絵馬の精はどうしたんだ？」

「そうだな、悪さはしてたが人間の命を脅《おびや》かすほどでもないからな。封印までしなくても

いいだろう」

「そうか」

「しばらく灸をすえるために監禁しておくよ」

監禁とは妖力を封じ込めた牢獄《ろうごく》に何十年単位で閉じ込めておくことだ。それでも封印するよりは寛大な処置だ。

「なぁ、上総。……あんた、彩菜さんのことをどこまで知ってた？　もしかして俺と彼女の関係にも気づいてた？」

「俺はそこまで万能じゃないさ」

薬を懐《ふところ》にしまいながら嘯《うそぶ》く上総に楽真はうろんな目を向ける。

「なんだその目は。本当に彼女のことは知らなかったよ。……ただ、嫌な予感はしてたがな」

「だろうね」

楽真は拗ねたように両膝を抱えた。きっと上総は楽真の客の中に、人でもあやかしでもない者が交じっていることに気づいていたのだ。まさかそれが彩菜だとは思っていなかったのかもしれないが、それでも一抹《いちまつ》の不安は抱いていたに違いない。

「どうりで、なんか過保護なことばっかり言うなって思ってたよ。――俺さ、とことん鈍いから、彩菜さんを……現実を見るまで自分がしなきゃいけないことに気がつかなかったんだ」

「……」

「本当はそんなことやりたくない。――だけど、彼女があんまり辛そうだから、俺がなんとかしてやらなきゃって……」

「ああ」

「俺、彩菜さんじゃなきゃ逃げ出してたと思う」

「……お前は彼女じゃなくても、そうするだろうさ。優しいからな」

膝に顔を埋める楽真の頭を上総が撫でる。

「俺への恨み言ならいくらでも聞いてやるぞ」

「もういいよ。二百年も一緒にいたらさ、恨み言も言い飽きた……」

「……百年分は聞いてないがな」

「そうだよな。……あんた、百年も俺たちのこと放置してたもんな」

上総がいなかった年月、心細くてしかたがなかった。当たり前のようにここに彼がいることが今でも信じられない。楽真は大きな掌のぬくもりに癒《い》やされながら、ギュッと目を閉じた。

「やっぱり、この薬めっちゃしみる。改善の余地ありだ」

精一杯強がってこぼした憎まれ口は、微妙に掠《かす》れていた。

5.

楽真の携帯電話が鳴ったのは、翌日の早朝五時のことだった。まだ布団の中に潜っていた楽真は、相手が誰かも確かめずに通話ボタンを押した。

『楽真さん、俺です。来栖です！』

とたんに切羽詰まった声が耳に飛び込んできて、楽真は急いで上半身を起こした。

「どうした？」

『た、大変なんです！　彩菜さんがいなくなったんですよ！』

「……——え？」

『今、佐伯さんが俺のマンションに来てるんですが、彩菜さんが消えたって騒いでて！』

「ええ⁉」

さすがに驚いた。布団を跳ねのけて立ち上がると、電話の向こうから争うような声が聞こえてきた。

『てめぇら！　彩菜をどこにやりやがった！　お前らがあいつを攫《さら》ったことはわかってるんだよ！　彩菜を返せ！』

『——ちょ、佐伯さん。落ち着いて！　俺たち彩菜さんを攫ってなんかいませんよ！』

った。

『嘘つけ、この野郎！』

佐伯の興奮が電話越しでも伝わってくる。楽真は聞いてるかどうかわからない主人に言った。

「今すぐ行くから、お前は佐伯さんを宥《なだ》めてろ！」

通話を切ると、楽真は寝巻を脱ぎ捨てた。適当な服に着替えて上総の寝室へと駆ける。

「上総！　いま主人から電話があって彩菜さんがいなくなったって！」

障子を開けると、上総はすでに起きていて着替えの最中だった。

「彩菜さんが？」

「俺、これから主人のマンションに……」

行ってくると告げようとした時、画廊の来客を知らせる鈴の音が鳴った。

「――？」

こんな時にと一瞬思ったが、まだ夜も明け切らない朝っぱらから来る客はまずいない。まさかと思い、突き動かされるまま画廊へ走ると、店舗の外で扉のノブをガチャガチャと回している者がいた。

「――っ！」

慌てて鍵を開けると、なんと彩菜が首を真っ赤に染めてぼうっと立っているではないか。右手に持った包丁からは鮮血が滴《したた》り、首からは目を見張るほどの血が噴き出している。

たったいま切ったばかりに違いない。

絶句している楽真に虚ろな眼差しを向けて、彩菜はフラリと画廊に入ってきた。

「あ、彩菜さん……？」

「店主さん」

彩菜は傷だらけの手首を突き出した。

「私……死ねないの……」

「……」

「昨日から、首を吊ったり、薬を大量に飲んだりしてみたけど死ねない。……首を切っても死ねないなんてどうして？」

「……」

「ねぇ、私、死にたいのよ。店主さん、どうしたら死ねるの？」

彩菜は瞳から涙を溢れさせた。

「死にたいのよぉぉ！」

「彩菜さん！　あなたは、佐伯さんの寿命が尽きるまでは死ねません……！」

どんなに酷い傷を負おうとも、佐伯の寿命を吸っている以上、彩菜は黄泉に帰ることはできない。言うならば、ガソリンを注ぎ続けている頑丈な車の外観だけを破壊したようなものだ。見た目はどんなに悲惨でも、エンジンが生きている限り車は走り続ける。

「なんで？　死にたいのに……こんなの地獄よ。お願い私を殺して……殺してよぉ……」

泣き崩れる彩菜を見ているうちに、楽真も涙を堪《こら》えることができなくなった。

膝をついて彩菜を抱きしめ、楽真は己に言い聞かせるように囁《ささや》いた。

「大丈夫……。大丈夫だよ、彩菜さん。……俺が楽にしてあげるから」


あまりにも痛々しい姿なので上総に血止めをもらい、楽真は彩菜の傷一つ一つを丁寧に治療して包帯を巻いていった。彩菜は特に抵抗せず、ただぼんやりとその手つきを眺めている。

「痛くない？　彩菜さん」

手首の包帯をさすり、彩菜はこくんと頷いた。先ほどまで酷く取り乱していたが、今はだいぶ落ち着いているようだ。

「不思議……あんなに切りつけたのに痛みもないなんて……本当にこの身体は人間じゃなくなってしまったのね」

「人間だよ。ただ、間違えて黄泉から帰ってきてしまっただけ」

彩菜は不思議そうに楽真を見つめる。この時、ようやく彼女の目の焦点が合った気がした。彩菜はじっと楽真から目を離さず、ふと、どこか寂しそうに微笑んだ。

「店主さん、迷惑をかけてしまってごめんなさい。……私、もうどうしていいのかわからなくなってしまって……」

「大丈夫ですよ。いま佐伯さんを呼んでますからね。圭人が連れてくるはずです」

「……」

彩菜はそれには返事をせず、チラリと上総に目をやった。離れた場所で二人を見守っている上総が厳しい顔をしているので、彩菜は怖かったのかもしれない。

「大丈夫だよ。あいつは俺の同居人だから」

「同居人……？　カツオのたたきの？」

「そう、カツオのたたきの」

「てっきり同居人は女性だと思ってたわ。……でも、元気になってよかったわね」

彩菜は上総から目をそらし、楽真の手をギュッと握った。

「……店主さん、私を楽にしてくれるって本当？」

「……」

即答できなかった己を叱咤しながら、楽真は深く頷いた。

「うん。俺があなたを救ってあげる」

心丈夫になったのか彩菜が微笑んだ。

「よかった……」

彼女はこちらの世界にまったく未練がないようだ。迷っているのはむしろ楽真の方かもしれない。

強くならなければ。

一度、自分が決めたことだ。後悔なんてしたくない。

「彩菜さん、俺は……」

――と、その時だった。

「彩菜！」

扉が壊れる勢いで開き、圭人と共に佐伯が飛び込んできた。

「あなた」

「彩菜、お前……なんだ、その包帯は！」

「これは……」

彼女の痛々しい姿を見た佐伯は憤怒《ふんぬ》の形相で楽真に掴みかかった。

「てめぇ！　彩菜に何をしやがった！」

「あなた！」

「――さ、佐伯さん落ち着いてください！」

圭人が慌てて佐伯を羽交い締めにする。それでも暴れる佐伯を持てあまし、圭人は彼を放り投げた。

「あなた！」

近くにあったイーゼルにぶつかって転がる佐伯に、彩菜が駆け寄る。

「彩菜をこんなに傷つけやがって！　てめぇ、許さねぇからな！」

それでも尚、楽真に襲いかかろうとする佐伯を彩菜がすがりついて止めた。

「──あなた、違うの！　この傷は全部私がつけたのよ！」

「はぁ？　何言ってんだ！　そんなわけねぇだろう！」

「私、死にたいの！」

「──っ！」

彩菜の絶叫に佐伯の動きがピタリと止まった。

「なんだと？」

「わかって、あなた……お願い」

「し、死にたいって、お前……嘘を言うなよ」

「嘘じゃないわ……私は死にたいの……。この世にいたくないの！」

「……な、何バカなことを……お前、生き返ったばかりじゃねぇか」

「誰が生き返らせてくれって頼んだのよ！　私、あなたの命を奪ってまでこの世で生きていたくない！」

「……っ！」

佐伯の身体から力が抜けた。圭人がさりげなく楽真と佐伯の間に立つ。再び彼が激高した時に盾になってくれるつもりなのだろう。

「……本気で言ってるのか、彩菜……」

「本気よ。あなたはいつも自分勝手なのよ。亭主関白で、こうと決めたらまるでイノシシみたいに突き進んで。……夫婦らしいことなんてあんまりしたことなかった……」

「……」

「だけど、それでも私はあなたの妻でいられて幸せだったのよ。……ねぇ、私がいつ不幸だったなんて言ったの？」

「彩菜」

「そりゃ、あなたはぶっきらぼうで仕事人間だったけど……ちゃんと私のことを愛してくれてたじゃないの……。それがわからないほど、私はバカじゃなかったつもりよ……」

彩菜はそっと佐伯の胸に触れた。

「私のご飯、おいしいって言って食べてくれたでしょ？　結婚する前から残したことなんて一度もなかった。それに、私の誕生日にはどんなに遅くなっても必ず帰ってきてくれていたでしょ？　プレゼントもおめでとうの言葉も何もなかったけど、いつも忙しいあなたが、この日だけはかかさず側にいてくれた。私が熱を出して倒れた時も台所になんか立ったことがないあなたが、おかゆを作ってくれてたでしょ？　スーツだってネクタイだって、あなたは私が選んだものしかつけなかった。あなたのわかりにくい優しさの一つ一つに気がつかないと思っていたの？　私を不幸だったなんて決めつけてるのはあなただけなのよ」

「彩菜……」

「もう私のせいで痩せ衰えていくあなたを見ていたくないの。私が好きになったのは、獰猛で気むずかしくて、誰よりも優しい刑事のあなた……」

彩菜が佐伯の胸に顔を埋める。佐伯の手が彩菜の背中に回ったが、抱きしめられずに震えている。

「あなたと共に歩いていくことはもうできなくなったけど……子供と……黄泉にいる子供と……あなたをずっと待っていたかった……。ねぇ、あなた。お願いよ……私の手を放して。……自分の寿命が尽きる最後のその日まで生きてほしい」

佐伯の苦渋に満ちた顔が葛藤を浮き彫りにする。

彩菜を失いたくない。だが、これ以上、自分のワガママを通せば彼女の尊厳を奪ってしまう。そんな簡単なことに佐伯はようやく気がついたようだった。

楽真が上総を見ると、彼は小さく頷いてくれた。それに勇気をもらい、楽真は大きく息を吐き出す。

「――彩菜さん、佐伯さん。聞いてください」

主人の身体を押しのけて前に出た楽真に、二人の視線が向けられる。

「俺は……生きとし生けるもの全ての魂を絵に封じ込めることができます」

「楽真さん？」

主人が目を見張った。突然、何を言い出すのかといった表情だ。主人には何も相談していなかったから、この反応は当然だろう。

「残念ながら、彩菜さんの魂は契約を結んだ死神を倒さない限り黄泉には帰れません。でも、それを待っていたら佐伯さんの寿命はあっという間に尽きてしまうことになるでしょう。……ですが、彩菜さんの魂を俺が一時封印すれば……佐伯さんの寿命がこれ以上奪われることもなくなります」

「ら、楽真さん！」

「お前は黙ってろ！」

焦る主人を一喝して、楽真は夫婦を見据える。

「俺が彩菜さんを描きます」

「店主さん、本当？」

困惑する佐伯とは対照的に、彩菜の顔が輝いた。

「──だ、ダメです楽真さん！」

主人が血相を変えて楽真の腕を掴んだ。

「絶対にダメです！」

「うるさいな、なんでお前が止めるんだよ」

「だって、あなた……あなたは……」

圭人の言葉が最後まで続かない。だが、楽真は彼の言わんとしていることがなんとなくわかった。

誰よりも人物画を愛しているのに、楽真はけっして人間を描かない。いや、描けない。その苦しみを知っているからこそ、圭人は楽真の心が傷ついてしまうのではないかと案じてくれているのだ。

「俺は大丈夫だよ。これしか方法はないんだから」

「で、ですが……。──か、上総さん！　あなたも黙ってないでなんとか言ってください！」

「──」

上総は返事をしない。圭人は混乱したように額に手を当てた。

「なんで何も言ってくれないんですか！　こんなの楽真さんがかわいそうです。俺の高祖母の時とはわけが違うんですよ……？」

圭人の高祖母である月歌《つきか》を描いたのは、古い約束を守るためだった。あの時は彼女の命の灯火《ともしび》が消えた直後に描いたので、魂を封印することはなかった。

だが、今回は死者とはいえ生きて目の前にいる人間の魂を奪うのだ。それは楽真にとって大好きな絵で殺人をするにも等しい行為だ。圭人はそれをよくわかってくれているから、懸命に止めてくれるのだろう。

「そんなに心配すんなって。……ありがとな」

楽真は優しい彼の背中をポンッと叩いて、摑まれた腕をほどいた。

「――昨日、楽真さんの様子がおかしかったのはこれだったんですね」

圭人が顔を歪ませる。

「本当にこれしか方法はないんですか」

「ないよ。お前だってこの夫婦を救ってやりたいだろ」

「それはもちろん。……ですが」

「俺もだよ」

楽真は微笑を浮かべて、腰袋から筆と長巻を取り出した。

「佐伯さん、彩菜さん。――俺を信じますか？」

「信じます」

彩菜は即答した。佐伯はまだ迷っているようだ。そんな彼の頰に彩菜は優しく触れた。

「私、あなたの寿命が尽きた時にあなたを迎えに来るから……必ず子供と一緒に来るから」

「彩菜……！」

佐伯の目から涙が一筋流れる。

「彩菜、彩菜！」

彩菜のぬくもりを忘れまいと佐伯は必死に彼女を抱きしめた。子供をあやすように彩菜は佐伯の背中を撫でて、楽真に微笑を向けた。

「お願いします」

小さく頷いて、楽真は筆を指でクルリと回した。

「──俺の名は東洲斎《とうしゅうさい》写楽。稀代の絵師が最大の技量を用いて絵姿女房を描き上げてみせましょう」

するりと楽真の筆が長巻の上に綺麗な曲線を描いた。

「──写楽？」

彩菜はわずかに驚いていたが、やがて全て納得したようにクスリと笑んだ。

「そう……そうなのね。あなたに描いてもらえるなんて、夢のようだわ」

まるで魔法のような素早さと滑らかな筆さばきで、彩菜の姿が徐々にかたどられていく。

「ねぇ、店主さん。もし、黄泉で熊さんに会えたら伝えておくわ。あなたの親友はこの世で元気に生きているって……」

「伝えてください」

声が少し震えてしまった。強い気持ちでいなければならないのに、今そんなことを言われたら、自由に役者絵を描けていたあの頃を思い出して辛くなる。

「当分俺はそっちに行けないけど……寂しがるなよって」

最後の一筆が紙の上を滑った。

楽真は美しく微笑む彩菜の絵を掲げて見せた。上半身だけのその絵は、モナリザにも劣らぬ神々《こうごう》しさだ。

「……素敵」

「東洲斎写楽が四十五年ぶりに描いた美人画です」

彩菜はうっとりと目を細める。徐々に彼女の身体が薄れていくので、佐伯はパニックに陥った。わかっていても、別れは耐えがたい。

「彩菜！」

「あなた、強く生きてね」

彩菜は最後に佐伯の唇に口づけをして、目映《まばゆ》いきらめきと共に楽真の絵に吸い込まれていった。

「彩菜……彩菜ぁ……」

佐伯はいなくなってしまった彼女を探すように宙に手をかざす。そんな彼に楽真はそっと近づいた。

「佐伯さん、この絵を」

「……っ」

彩菜の絵を手渡すと、佐伯は堰《せき》を切ったように号泣した。

ひとしきり男泣きした後、佐伯は愛おしそうに絵の中の彩菜の頬を撫でた。

「すげぇな。まるで生きてるみたいだ……さすが稀代の絵師だ」

まさか楽真が写楽だと信じているわけではないだろうが、それでも佐伯の賞賛は本心に聞こえた。

「ありがとうございます。彩菜さんはこの絵の中にいます。……正確に言うと彩菜さんの時間をここで止めているんです。あなたの寿命が減るのもこれでしばらくは防いでおけるはずです」

「……」

「この絵が消えた時は彼女が本当に黄泉に帰った時だと思ってください」

「お、俺が持っていてもいいのか？」

「あなた以外に誰が彼女を守るんですか」

「……」

佐伯は長い間じっと彩菜の笑顔を見つめていたが、やがて小さく呟いた。

「やっぱり……俺は酷い旦那だよ。お前をこんな狭いところに閉じ込めちまってよ……バカな男だよな。――それでも……」

佐伯は溢れる愛情のまま絵を抱きしめた。

「それでも、俺はお前と一緒にいられて嬉しいんだ」

6.

数日後、わざわざ画楽多堂まで出向いてくれた佐伯を出入り口まで送り、圭人と楽真は深々と頭を下げた。

「ご協力ありがとうございました。佐伯さん」

「いや、これぐらいしかできねぇからな……」

久々に見る佐伯の穏やかな眼差しだった。

佐伯が落ち着いた頃を見計らい、死神と思われる男の似顔絵作製に協力してもらったのだが、佐伯は男の目鼻立ちだけでなく耳の形までしっかりと記憶していた。

一度会った人間の顔を忘れないのは一種の職業病だろうが、耳の形にまで注目していたのは優秀な刑事のあかしだ。

いまだに衰えていない佐伯の観察眼が心底惜しい。それは楽真よりも圭人の方が強く思っていることだろう。

「佐伯さん、これからどうするんですか？」

「そうだなぁ」

車が流れる外の光景を眩《まぶ》しそうに見つめて、佐伯はポツリと呟いた。

「しばらく彩菜と東京で暮らすつもりだが……あいつがあっちに帰っちまったら、田舎にでも引っ込むかな。両親も歳がいってるし……農作業を手伝うのも悪くねぇと思ってる」

「刑事に戻る気は……」

問いかけた主人が口をつぐんだ。楽真にはそのあたりのことはよくわからないが、一度退職した警察官が復職するのは簡単なことではなさそうだ。

刑事こそ佐伯の天職なのに、残念でしかたがない。

「まぁ、少しゆっくりしてから身の振り方は改めて考えるさ……。来栖、世話になったな」

佐伯は右側の口角だけを上げて皮肉気に笑った。痩せ細った体躯に反して佐伯の顔色や瞳には生気が戻っている。彼は穏やかな眼差しを楽真にも向けた。

「そっちの絵描きさんも世話になった」

「俺は別になにも……」

小さく首を振る楽真に、佐伯は白い歯を見せた。

「あんたが何者か俺は深く追及するつもりはないけどよ。……最後にあんたに描いてもらえて、彩菜は幸せだったと思うぜ。ありがとうな」

「……」

「あいつは写楽の大ファンだったからなぁ」

「たとえ一時でも、彩菜さんが落ち着いてくれていたら嬉しいです」

「そうだな……」

「──佐伯さん。お元気で」

圭人が手を差し出すと、佐伯は照れくさそうに、だがしっかりと握り返した。

「キャリアは忙しいだろうが、たまにはうちに顔を見せてくれよな」

「もちろんです」

「じゃあな」

「ありがとうございました」

一度だけ片手をあげて去っていった佐伯を見送った後、圭人が楽真を盗み見た。

「なに？」

「あ、いえ……。あの……平気ですか？」

「なにが？」

楽真は己が描いた死神の似顔絵をじっと見つめたまま表情を変えなかった。正直、圭人の言いたいことはわかっていたが、ここで議論するつもりはない。だが、それでも、つい口から本音が漏れてしまった。

「……お前、優しいな」

楽真が目尻を下げると、圭人が目を見開いた。

「だけど、そんなに優しくちゃこの仕事は務まらないぜ」

「ですが」

圭人はあからさまに不満な顔をする。楽真は会話を断ち切るように描いたばかりの似顔絵を圭人に突きつけた。

「ほら、これをコピーして大智にも早く見せて裏を取れよ。同一人物なら、この絵が死神に辿り着く最大の手がかりになるからな」

「……は、はい」

楽真が描いた金髪の男は、目が大きく、薄く大きな唇と高い鼻が特徴の優男だ。とても柔和な顔立ちなので、死神どころかあやかしにも思えない。

「あの、この似顔絵でこいつを封印したりはできないんですか？」

「できないよ、バーカ」

「バカって」

「俺が絵で封印できるのは、この目で見て認識したものだけだ。似顔絵とはいえ、他人の目を通して描いたものはただの想像でしかない。いくら佐伯さんの観察眼があっても、そういう意味ではこの絵は偽物だよ」

「そう……なんですか」

偽物と言いきった楽真の言葉が引っかかったのか、圭人は切なそうだ。

楽真が描きたいのは生身の人間だ。自分で見て感動して衝動的に筆をとる。そんな当たり前のことが自分にはできない。

「――よし、行くか！」

パンッと頬を叩いて平常通りの自分に戻ろうとしていると、屋敷からいきなり兎が姿を現した。

「――楽真ー！」

「兎三郎兄さん。どうした？　こんなところまで出てきて、なにかあったのか？」

「お前らが遅いから迎えに来たんだろ」

「過保護!?　画廊にいるだけなのに、はじめてのおつかい扱い!?」

「うるせぇ！　お前がトロすぎんだよ！」

「トロ……？」

「――で、死神の似顔絵は完成したのかよ？」

「ああ、うん。ついさっき」

「よし、じゃあ見せてみろ」

兎三郎は楽真の肩に飛び乗るなり、身を乗り出した。

「なんだよ、屋敷に帰ってから見ればいいだろ」

せっかちな兎三郎に肩をすくめて、圭人から受け取った似顔絵を広げてみせると、兎三郎は丸い目を更に丸くして絵に見入った。

「こいつは……」

「見覚えがあるのか？」

兎三郎は一瞬似顔絵から目を離し、不自然に口ごもる。

「あ、い、いや……。でも、まぁよく描けてるじゃねぇか」

「だろ？　俺が筆を入れたんだから間違いねぇよ」

「お前の取り柄はそれしかねぇからな」

「ひでぇな！」

いちいち反応して怒る楽真に、兎三郎はケケケと笑った。

肩を怒らせて似顔絵を再び圭人に渡すと、楽真は広げていた筆を片付け始めた。楽真の関心がそれたことを見計らったように、兎三郎は圭人の肩に飛び移る。こそっと何かを耳打ちしているので、さすがに気になって横目で盗み見ていると、圭人の顔がなぜか不思議そうに変わった。

いったい、兎三郎は何を言ったのか。気になって聞こうとしたが兎はすぐに屋敷に引っ込んでしまった。しかも、件の似顔絵を持ってだ。

「なに、どうした？」

尋ねると、圭人はぎこちなく首を振った。

「いえ、なんでもありません。俺、仕事があるのでこれで失礼します」

全然、なんでもなさそうにない表情で圭人はそそくさと画廊を出て行った。似顔絵のコピーを忘れてるぞと声をかけたが、圭人が戻ってくることはなかった。

Case3.

運命交換アプリ

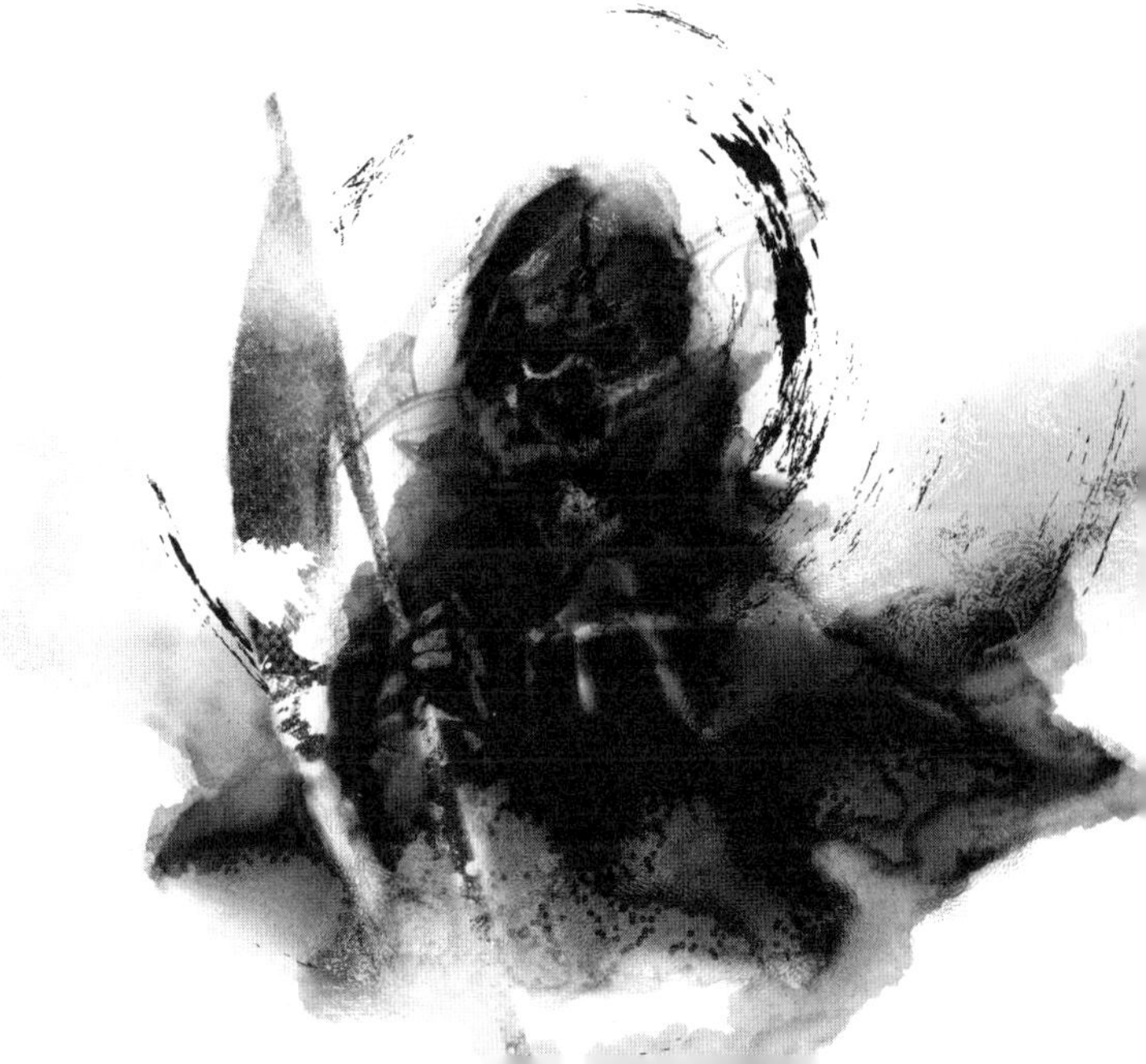

なんで、なんで、なんで！

自分は誰よりも美しいはずだ。あの子にはルックスで負けてない。あいつよりも歌唱力は上。それに、この子よりも演技力だってあるはず。

なのに、なんでなんでなんで！

輝きと名声で溢《あふ》れている芸能雑誌を引きちぎり、女は楽屋の化粧台に突っ伏した。台の上のスマホに映るマネージャーからのメールが、苛立《いらだ》ちを更に増幅させる。

『この前のオーディションですが、残念ながら不合格でした』

(この前の？)

女は強く歯を嚙《か》みしめて拳《こぶし》を握りしめた。

「この前も、その前もその前もその前もでしょ！」

いったい自分になにが足りないというのか！

他の子たちに劣ってる部分なんて一つもない。あるとしたら運だけだ。

そう、運だけ。

「……運？」

女は何かを思いついたように顔を上げた。悔し涙ですっかり化粧が崩れてしまったが、構わず鏡を凝視する。

「そうよ、運。運なのよ！」

女はスマホをわし摑むと、黒一色のアイコンをクリックした。

このアプリは会員制で、誰もが入れるわけではない。自分の個人情報を偽《いつわ》りなく入力し、その上で選ばれた者しか開けない特殊なアプリだ。闇《やみ》サイトで偶然見つけたあやしいものだったが、今の彼女にとっては神アプリ以外のなにものでもなかった。

「これも違う、これも違う！」

女はいくつものプロフィールが並んだ画面を急いで滑らせていたが、やがてピタリと手を止めた。

「あった。……この人、いいかも」

女の表情がみるみる明るく変貌《へんぼう》していく。

（でも、念のために……）

プロフィールには顔写真も名前も記されてはいない。それを知るためには、ある特殊な課金をしなければならない。

「……これくらい平気よね」

女は躊躇《ちゆうちよ》することなく、課金をした。すると画面に華やかな女性の顔と名前が出てきた。

これがこのプロフィールを書いた本人の顔と名前だ。

（嘘《うそ》でしょ？　この子が本当に？）

あまりにも有名人だったのでさすがに疑念を抱いたが、女はそれでも本人とやりとりができる交渉ページをクリックした。

「本当にいいの？」

こんな恵まれた人が、その人生を投げ出すようなマネを望んでいるなんて正気とは思えない。それに自分がこのアプリを利用するのはこれで三回目だ。さすがにまずいだろうか。

「でも……まだ、大丈夫よね……？」

自分は若いんだからと言い聞かせ、女は写真の相手にダイレクトメッセージを送った。

すると、意外なほど早く返信があった。

「交渉……成立？」

信じられなかったが、女はアプリの案内に従って支払いをすませた。相手の気が変わったら困ると思ったのだ。

「……本当に、これで私も彼女みたいになれる……？」

興奮状態で取引を成立させてしまったが、やはり不安は拭《ぬぐ》えない。しばらく待ってみたが、なんの変化も訪れないので女は諦《あきら》めて立ち上がった。

やることをやった以上、いつまでもここにいてもしょうがない。今日のところは帰ろうと楽屋を後にしかけた時だった。プルルルとスマホが鳴った。マネージャーからの電話だとすぐに察し、女は急いで通話ボタンを押した。

「はい！」

『あっ、鈴香《すずか》ちゃん？　さっき送ったオーディションのメールだけどね。あれ取り消し！』

「え？」

『合格した子が車の事故で怪我《けが》しちゃったらしくて、急遽《きゅうきょ》次点だった君に決まったんだよ！』

喜々《きき》としたマネージャーの声がどこか遠くに聞こえる。

やっぱり、あのアプリは本物だ。

私の人生を根底から変えてくれる、すばらしい魔法。そう、まるでシンデレラが魔法使いのおばあさんに呪文をかけてもらったような、そんな幸福なファンタジー。

「これさえあれば、私の人生はまだまだ変えられる」

事故に遭ったというライバルへの同情は欠片《かけら》も浮かばなかった。

恵まれていたあなたが悪い。私だって、幸運をもらってもいいじゃない。

これも運命なんだからと呟《つぶや》き、女はほくそ笑んだ。

1.

「楽真《らくま》、この絵をくれよ」

驚くほど気安く一枚の絵を指さされて、楽真は辟易《へきえき》とした。

「ダメ」

「なんで？　兄貴には一枚やってたじゃん。不公平じゃねぇ？」

大智《だいち》が不服そうに飾ってある絵に手をかけようとしたので、楽真は尚も強く拒んだ。

「だから、ダメだって言ってるだろ。この画廊は人に譲るために開いてんじゃないんだよ。圭人《けいと》はなんていうか……これから仕事相手として世話になるから特別だったんだ」

「ずるいな。俺だって月歌《つきか》さんの玄孫《やしゃご》なのにさ」

「月歌嬢は関係ない」

大智は表情で納得いかないと雄弁に語った。

「だいたい、お前は圭人と一緒に暮らしてるんだから家に帰れば俺の絵が飾ってあるじゃないか。あの絵はお前たち二人にやったみたいなもんなんだから、十分だろ」

「そういう問題じゃねぇよ。俺だけの絵が欲しいの」

あまりにもしつこいので、楽真はこれみよがしに溜め息をついた。両親の愛情に飢《う》え、犬神に取り憑《つ》かれていた頃の大智に比べると、ずいぶんと明るく奔放《ほんぽう》になった。これが彼の本来の姿なのだろう。

楽真はコーヒーカップを手に取った。

「とりあえず、座って一服しろよ。コーヒーを入れてやるから」

「おー」

あの犬神事件以降、大智はすっかり楽真に懐いてしまった。時間があれば画廊に来るようになったのだが、あまりにも頻繁《ひんぱん》に顔を出すので逆に心配だ。こいつはちゃんと仕事をしているのだろうか。

「お前さ、しょっちゅう俺のところに来てるけど、仕事はどうしてるんだよ。確かオカルト雑誌の編集部に戻ったって聞いたけど？」

「ああ、ちゃんと行ってるよ」

角砂糖の瓶《びん》を渡してやると、大智は二つ入れてコーヒーをかき混ぜた。

「今はさ、少しずつだけど取材も任せてもらえるようになったんだ。まぁ、まだお試しって感じで記事にはしてもらえないけどな。それと、イメージに合えばちょくちょく雑誌に載せるイラストも描かせてもらってる」

「そうか、よかったな……」

楽真が目を細めると、大智は不服そうにカップをテーブルの上に置いた。

「あんたのその顔、孫を見てるみたいで気にくわない」

「え？」

そんなつもりは全然なかったが、彼がそう見えたのならそうなのかもしれない。圭人と違って大智は心配する要素が多いので、つい保護者気分になってしまうのだ。

「――それより、ちゃんと用心しろよ。お前の寿命は三十年短くなってるんだから。いつぽっくり逝《い》くかわかんないぞ」

「わかってるよ」

あんまり深刻に考えてなさそうなので、楽真は呆《あき》れた。大智はまだ若いとタカを括《くく》って
いるかもしれないが、元々持っている寿命なんて人それぞれだ。もし五十代で大智が死ぬ
運命だったら、明日あっさりと逝ってしまう可能性だってある。

「お前さ、なんでそんなにのんきなの？」

「だって、兄貴や楽真がなんとかしてくれるだろ」

「……楽真さんな。楽真さん。圭人だってさん付けだぞ」

「俺は楽真の仕事関係者じゃねぇし」

「……」

なんという自由さ。たくさんのしがらみから解放されて本来の自分を取り戻せたのは喜
ばしいが、若干《じゃっかん》腹が立つのはなぜだろう。

(常に上から目線だからか？　そうなのか!?)

「お前、今日はもう帰れ！　そして仕事をしろ仕事！　いくら復職を許してくれた優しい
職場でもな、あんまりサボってたら首になるぞ！」

「あ、違う違う。今日は遊びに来たんじゃねぇんだって。仕事を頼みに来たんだ」

「仕事？」

「ちょっと前に気になるアプリを見つけてさ」

「アプリ？」

「知らない？　『アプリ』アプリケーションソフトウェアの略で……」

「知ってるよ！　爺《じい》ちゃん扱いすんな」

「あ、そう。あやかしってそういうのに疎《うと》いのかと思ってたから、話が早くて助かる」

「お前な」

　大智は自分のスマホを取り出すと、どことなく不気味な黒一色のアイコンをタップした。

「これさ、オカルト界隈《かいわい》で有名な闇サイト内にあるんだけど……その名も『運命交換アプリ』っていうらしい」

「運命交換アプリ？」

　なんだ、その不穏な響きは。

「遊びだろ？」

「ところが、そうじゃない。このアプリは選ばれた会員しか入れなくなっててさ、それぞれに自分専用のページが作れるんだ。そして気に入った相手と合意さえすればそっくりそのまま相手と運命が交換できる」

「はぁ？」

　さすがに仰天して、楽真は大智からスマホを奪った。

「そんなもんが世に出回ってるのかよ！　絶対にあやかしが絡んでるだろう」

「だよな。実は取材をしようとしたんだけど運営者と連絡が取れねぇんだ」

「取れるわけないだろ！　相手はあやかしなのに！」

「やっぱり、そうだよな？」

「でなきゃ、こんなこと……っ！　ん？　――ちょっと、待て。これ、運命を交換した後の代価ってなんなんだ？」

「自分の寿命、一回につき十年分」

「また寿命!?」

目眩《めまい》がした。

「そう。交換が成立したら、運営への対価として双方から寿命を十年払うようになってんだよ。まぁ、わかりやすく言うと結婚マッチアプリとか、フリマアプリとかと同じような仕組みかな？　公表されてるのは相手の詳しいプロフィールのみになってて、相手の名前も顔も隠されてるんだけど……」

「顔も名前もわからない相手と運命を交換するのか？」

「そこが運営の狡猾《こうかつ》なとこなんだよ。名前と顔がわからないようになってるから利用者は気軽に登録ができる。だけど、本気で運命を交換したい相手が現れた場合、契約前に相手の素性がわからなきゃ不安だろ？　そんな時は特殊な課金をすれば契約しなくても先に相手の名前と顔がわかるようになってるんだ」

「特殊な課金？」

「寿命二年分。そこで相手の全てが知れる。もし、この人と運命を交換したくないと思えば、契約をしなければいい。いやぁ、びっくりだろ？　最近のあやかしもＩＴ化が進んでるんだな」

「バカ！」

「ば、バカ？」

「お気楽なこと言ってんじゃねぇよ！　お前まさか……」

「あ、俺は交換なんてしてないぜ。取材の一環で会員にはなったけど」

「交換するしないの問題じゃねぇよ！　こんな危ないもんに個人情報を明け渡して！　それでなくてもお前は……」

「わかってるわかってる。時たま覗《のぞ》いてるだけだから大丈夫だって」

全然わかってなさそうな顔で大智が言うので、楽真は再び目眩に襲われた。

「お前、やっぱり一生引きこもってろ。その方が安心だ」

「なんだよそれ。もう引きこもらねぇよ」

大智は少し拗《す》ねたように楽真からスマホを取り返した。

「主人には相談してないのか？」

「兄貴とは最近顔を合わせてねぇんだよ。夜は俺が寝た頃に帰ってくるし、朝も早朝に家を出るしさ。どんだけ忙しいのか知らねぇけど、警視庁ってやつは働かせすぎだよな」

「そんなに遅いのか？」

「最近じゃ深夜にならないと帰ってこねぇな」

そういえば、佐伯《さえき》に似顔絵を描いてもらってから、圭人は一度もここに来ていない。

「なんか、次の満月までにはなんとかしないとって独り言を言ってたけど」

「満月までに？　なんだそれ」

思えば圭人だけではなく、嵐《らん》も皇《すめらぎ》もあれ以来屋敷に顔を出してはいない。皆、忙しいのだろうか。

（でも、上総《かずさ》はなにも言ってなかったしな）

楽真が知らないところで周囲が忙しくしているのは不安だ。まさか、なにか隠し事でもされているのだろうか。特に満月までというところが気になる。

いろいろと考えていると、大智がコーヒーを飲み干して立ち上がった。

「ちょっと！　あんた、いったいどこに行くのよ！」

ついオネェ口調になるほど慌てて、楽真は大智の服の裾《すそ》を摑んだ。

「どこって編集部に帰るんだけど？」

「待て待て待て！　まだそのアプリについて詳しいことを聞いてないだろ！」

「引きこもってろとかわけのわかんねぇこと言ったのはあんただろ。もういいよ、俺一人でやる。放っといてくれていいから」

「そんなあやしいアプリを放っておけるかー！　お前の取材はどうでもいいが、それは調査しないと……」

「じゃあ、協力してくれるのか？　なんだよ、それならそうと言えよ」

大智は満面の笑みで椅子《いす》に座り直した。

この現金な態度。なんであんなに繊細な悩みを抱えていたのか首をひねりたくなる。

「楽真は篠井《しのい》るりって知ってるか？」

「誰それ」

「マジで？　テレビとか見ないの？」

「あんまり見ないな。……その篠井なんとかがどうしたんだよ」

「彼女はすげぇ有名なトップアイドルだったんだぜ」

「だった？」

「数カ月前に芸能界を電撃引退したんだ。当時は世間も蜂《はち》の巣をつつくような大騒ぎだったんだぜ？」

「へぇ」

芸能界には興味がないので、その大騒ぎとやらもさっぱり覚えがない。

「——で、彼女が引退した原因なんだけど、どうもこのアプリにあるらしいんだ」

「……まさか、このアプリを使って誰かと運命を交換したのか？」

「そう。元々彼女は芸能界を引退したがっててさ。売れっ子すぎて疲れてたようなんだけど、事務所との交渉がうまくいかなかったらしい。それでヤケになって、このアプリを使っちゃったみたいなんだよ。ようは普通の女の子に戻りたかったんだな」

「……ちょっと、待て。なんでお前がそんな詳しいことを知ってるんだ」

「彼女、うちの出版社の芸能雑誌の常連だったんだ。今俺がいるオカルト雑誌の編集長が以前その芸能雑誌の編集部にいてさ。篠井るりとは親戚で仲も良かったらしい。それで、こんな不気味なアプリを使ってしまったけど大丈夫だろうかって、うちに相談しに来たんだよ。あまりにも運命交換がうまくいったから逆に怖《お》じ気《け》づいたんじゃないかな？」

楽真は難しい顔をして、大智が鞄《かばん》から取り出した篠井るりの写真を見つめた。小顔で唇が小さく、二重の目はくりくりとして愛らしい。日本人が好みそうなかわいらしい狸《たぬき》顔だ。

「……それでお前がこのアプリの取材を？」

「いいや？　俺は出戻りの新人だぜ？　編集部には内緒で動いてるに決まってるだろ。でもさ、これは俺じゃないと取材できない案件だ」

「どうして？」

「俺にはあんたがいる」

大智はニヤニヤして、楽真を見た。

「いくらオカルト雑誌の編集がアンダーグラウンドに詳しいからって、本物のあやかし狩りを知ってる俺に比べれば、まだまだだからな」

「自分の力みたいに言うな！　――で、この子は？」

楽真は目を吊りあげて、篠井るりの写真の横に並べてある女性の写真を指さした。年の頃は二十歳《はたち》そこそこか。篠井るりに比べると切れ長の目が印象的な少女だ。美しさと華やかさを併せ持っているので彼女も芸能人だろう。

「この子は神崎《かんざき》鈴香。篠井るりが運命を交換した相手だ。全然売れないアイドルだったけど、篠井るりが引退したとたんに急激に売れ始めて、今じゃ押しも押されぬトップアイドルだ」

「なるほど……篠井るりの芸能界での幸運を彼女が手に入れたってわけか」

「幸運かどうかはわからねぇけど。この子、確かいま二十一歳なんだけどさ、遡《さかのぼ》って高校生の時から三回ほどアプリで運命を交換してる」

「三回？　他人の交換回数がわかるのか？」

「ほら、ここ。鈴香のページに年月日が記されてるだろ？　これはその人が交渉を成立させた日付になってるんだ。神崎鈴香には計三回の日付が入ってる」

「三回ってことは寿命三十年分？」

「そう、もし彼女が課金もしてたら、それ以上ってことになるな。俺が言うのもなんだけどさ……危ないよな。他人の人生ほどよく見えるものはないからな……」

「ああ、危険だ。若いからって寿命を軽く見すぎてる」

「だろ？　早いとこ止めなきゃって思うだろ。で、ついでにうちのオカルト雑誌の取材も受けてもらえれば一石二鳥だろ？」

楽真はしばらく黙考した後に頷《うなず》いた。

「……わかった。一緒に調べよう」

「いいのか？」

「いいも悪いも、いろいろ麻痺《まひ》してて彼女は自分の寿命に限りがあることを失念してるとしか思えない。こういうのは依存症みたいなもんで、人生に躓《つまず》くとまた同じことを繰り返すんだ。ギャンブルと同じだ。ダメだと思ってても簡単に運命が変わると、次もその次もって欲が出てくるんだよ」

最近の若い奴らの特徴なのだろうか。それとも若さゆえに、自分の生死について軽く考えすぎているのか。大智もそうだが、今がよければ後のことはどうでもいい人間が多い気がする。

（上総への報告は神崎鈴香と接触した後でもいいか……）

とりあえず、今は一刻も早く鈴香を説得しなければならない。それに満月も近い。心配事を残したまま上総を眠らせたくはなかった。

「神崎鈴香にはどうやって接触するんだ？」

コーヒーカップを片付けながら問うと、大智はそこは大丈夫と言って、鞄の中から一冊の芸能雑誌を取り出した。

「うちの芸能雑誌の編集が、今日の夕方から神崎鈴香にインタビューすることになってるんだ。そこに俺も助手として交ぜてもらうことになってる」

「ぬかりがないな」

「まぁ、あっちの編集には『神崎鈴香のファンだからどうしても』って言って頭を下げたんだよ」

「……お前、意外と画家よりゴシップを狙う記者の方が向いてるんじゃないのか？」

あまり褒められたやり口ではないので呆れた眼差《まなざ》しを向けると、大智は子供のように唇を尖らせた。

「画家として尊敬してるあんたに言われると、すげー傷つくんですけど」

◇

神崎鈴香は、年相応の愛らしさとどこか大人びた妖艶《ようえん》さを併せ持つ不思議な魅力の持ち主だった。美人ではあるが、すこぶるかというとそうでもない。だが、彼女を取り巻く空気感は美に包まれている。つまり雰囲気美人というやつだ。

売れっ子である彼女のスケジュールは常にいっぱいで、現在上演中の舞台の昼公演と夜公演の合間を縫《ぬ》い、かろうじて雑誌のインタビューをねじ込むことに成功したという。

舞台の昼公演を立ち見鑑賞した後、楽真たちは芸能雑誌の中堅記者である横井《よこい》と共に鈴香の楽屋を訪れた。

「お疲れ様です」

舞台メイクを落としたばかりの彼女は、華やかな衣装のまま楽真たちを迎えてくれた。公演の疲れなど感じないほど元気で愛想もいい。横井は頰《ほお》を上気させて、逸《はや》る気持ちを隠しもせずにテーブルの椅子に腰掛けた。楽真と大智はカメラマンと助手と偽っているので、少し離れた場所で二人を見守ることにした。

「どう？　彼女になにか感じるか？」

「どうって……」

あたりさわりのない取材を受けている鈴香に聞こえないように大智が話しかけてきた。

昼公演の時から感じているのは、彼女の周りで渦を巻いている瘴気《しょうき》だ。と言っても、あやかしが取り憑いているわけではない。誰かに操られているわけでもなく彼女は彼女としてちゃんと生きている。だが……。

（死相……）

一見、健康そうだが、鈴香の顔にははっきりと死相が浮かんでいた。まさに犬神に取り憑かれていた大智と同じ面相だ。

（でも、なんだ……？　大智の時とはどこか違う……）

あやかしに取り憑かれているわけでもないとしたら、寿命だろうか。三十年分もなくしたのだから、元の寿命が短ければ近々に亡くなるのもありえないことではない。

（だけど、これはそれだけじゃない気がする）

その差がどうしてもわからない。

「――今回の舞台は、元々事務所の先輩だった篠井るりちゃんの代役として立ってるんだよね？」

横井の質問に愛想よく答えていた鈴香の表情が一瞬強張《こわば》った。

「るりちゃんの騒ぎで同じ事務所だった鈴香ちゃんに、代役がいくつか回ってきたんだよね。それがブレイクのきっかけなんて言われてるけど、今じゃ篠井るりをしのぐ実力派アイドルになったよね。この数カ月で人生がガラッと変わったんじゃないかな？」

鈴香は困ったように眉尻を下げて口角を上げた。

「るりちゃんのことは私もびっくりしてるんです。……私じゃ力不足だけど、るりちゃんの分も一生懸命頑張るだけですから……。彼女のことは尊敬していましたから、もしいつか芸能界に戻ってきたら一緒に仕事をしたいですね」

百点満点の答えだ。まるであらかじめ用意していたようだと言えば意地悪だろうか。たんに、何度も聞かれているうちに定型となっているだけかもしれないが。

じっと鈴香を観察していると、居心地が悪そうに彼女は立ち上がった。

「あの、もういいですか？　だいぶ質問にもお答えしたと思いますし……。そろそろ夜公演の準備もしなきゃならないので……」

暗に楽屋を出て行けと言われて、横井は慌ててボイスレコーダーと手帳をしまった。

「すいませんでした、長々と……。いい記事にさせていただきますんで」

「はい、楽しみにしています」

「来年から主演ドラマも始まりますよね。その時も特集させていただきます」

「うわぁ、ありがとうございます」

撤収の空気に逆らえず、楽真と大智も流されるように楽屋を出るハメになった。

「おい、アプリのことをなんにも聞けなかったけど、どうするんだよ？」

大智を肘《ひじ》でつつくと、彼は困惑したように先を行く横井と楽屋を交互に見た。

「あの話の流れで『あなた運命交換アプリを使ってますよね？』なんて言えないだろ。横井さんにもアプリのことは話してないし」

「そんなのんきなことを言ってる場合か。彼女には時間がないんだぞ」

このまま一度帰って、作戦を練り直す暇はないように思えた。彼女の死相がその余裕を許していない。楽真は劇場の出口に向かっていた足を止めた。

「本当に篠井るりは芸能界に疲れたから引退したのか？」

「え？」

「いくら華やかに見えても、裏では誰でも闇を抱えてる。……隣の芝生は青いが、地下には毒を含んだ水が流れてるとしたら？」

「え？　どういう意味――」

　突然、踵《きびす》を返した楽真に大智は慌てた。

「おい、楽真！」

　止める大智を無視して神崎鈴香の楽屋に入ると、彼女は夜公演に向けて化粧直しの真っ最中だった。ノックもしない乱入者に鈴香は目を丸くして固まっている。

「な、なんですか？　忘れ物ですか？」

「神崎鈴香……。あんた、すぐにアプリを退会してスマホから削除するんだ」

「はぁ？」

「運命交換アプリだよ！　あんた、あれを使って今まで何回も人生を変えてきただろ!?　運命交換なんて、まずまともな人間はしない。人生に闇を抱えてるからこそ、人の運命が羨《うらや》ましくなるんだ。篠井るりもきっと同じだ！」

「……っ！」

「あれはダメだ。すぐにやめろ！　他人と運命を交換したってろくなことがない！　現にあんた――」

死相が……！　と言いかけた時だった。鈴香の形相が鬼のように変貌した。

「あ、アプリってなによ！　そんなもの知らないわよ！　意味がわからないこと言わないで！　もう夜公演が近いの！　出て行って！」

「あんた、アプリを使って今の地位を手に入れただろ！　ダメなんだそれは。あやかしの仕業《しわざ》……」

「あやかし？　あんた頭がおかしいんじゃないの!?　私、そんな変なアプリなんか知りませんから！」

聞く耳を持とうとしないのか、わかっていて余計なおせっかいだと罵《のの し》りたいのか。鈴香は半分取り乱したような絶叫を上げて、楽真に化粧品を投げつけた。

「ちょ……！　話を――！」

「――どうした、鈴香！」

ただごとではない悲鳴を聞きつけて楽屋に数名の男性が飛び込んできた。間髪入れずに鈴香が叫ぶ。

「マネージャー！　こいつ、ストーカーよ！　追い出して！」

「ス、ストーカー……⁉」

「雑誌記者に紛れ込んでたの！　助けて！」

「ええ⁉　違う、俺は……！」

とんでもない濡れ衣を着せられて、楽真は動転した。

一斉に男たちに取り押さえられ、容赦《ようしゃ》なく楽屋の外に引きずりだされる。多勢に無勢。抵抗しても無駄だった。

「放してくれ！　俺は彼女と話をしなきゃならないんだ！」

「黙れストーカーめ！　記者に交じってくるなんて最悪な野郎だな！　今度鈴香に近づいたら警察を呼ぶからな！」

呆気《あっけ》にとられている大智たちの目の前を通り、楽真は劇場の外まで連行されていく。

「放せ！　放せってば！」

「出て行け！　二度と劇場に入るんじゃねぇぞ！」

マネージャーの捨て台詞《ぜりふ》と共に、楽真は乱暴に地面に投げ飛ばされてしまった。

「いてて」

尾てい骨をしたたかに打ちつけた楽真の前に立ち、横井は関係者に深々と頭を下げた。

「本当にすみません！　こいつはただのバイトなんです……！　鈴香ちゃんのファンなので我を忘れてしまったようでして。本当に監督不行届で申し訳ありません！　とんだご無礼をいたしました」

ペコペコと平謝りし続ける横井の後ろ姿を見ながら、大智が楽真の肩に手を置いた。

「大丈夫か、楽真」

大智の声も周囲の喧噪《けんそう》も楽真には聞こえていなかった。固く閉じられた劇場の扉はもう二度と開かない。

館内にいる鈴香の身を、ただ案じることしかできないのが歯がゆかった。

(なんとかしないと……。きっと、もうあんまり時間がない)

2.

秀麗なフルムーンだった。

本来なら満月の前日には眠ってしまう上総がまだ起きているのが不思議で、楽真は茶の間の座卓に広げた週刊誌から目を上げた。

「なぁ、あんた顔色が悪いよ？　そろそろ眠った方がいいんじゃないの？」

「まだ大丈夫だ」

「大丈夫って、もう満月なんだから。今日を逃すとまた一カ月待たないといけないんだぜ？　そこまで妖力がもたないだろ」

「――そうですよ、上総様。無理をなさらないでください。もうギリギリです。月が欠けてしまうと魔力も弱くなりますから」

満月が近くなると、いつでも横になれるように楽真も兎三郎《うさぶろう》も準備を整えておくのだが、上総はなかなか床に就こうとしなかった。

「お前、最近テレビばっかり見てるな。そんなに神崎鈴香が気になるのか？」

「――っ！」

サラッと口にされた鈴香の名前に、楽真は心臓が止まるほど驚いた。茶の間のテレビには鈴香が出演しているドラマが流れている。

「な、なんで神崎鈴香？」

「あんまりテレビを見ないお前が、彼女が出てる番組は熱心に見てるからな」

「……あんた、俺のこと見すぎ！　監視するのもたいがいにしてくれます？」

「そこまで言われることか？　お前がわかりやすすぎるんだろう」

「――それくらいのことなら俺でもわかるぜ。態度に出すぎなんだよ、楽真は」

お茶を啜《すす》る上総の横で、兎三郎がフンッとふんぞり返った。

「今度は神崎鈴香のファンにでもなったのか？　お前の役者好きには困ったもんだな」

「ち、違うよ……。あ、いや。そうそう。なんか彼女の演技が凄《すご》くてさ、ファンになっちゃったんだよな」

「――？　演劇のことは俺にはわからねぇが、三流の役者に見えるがな」

「兎三郎兄さん、それ辛辣《しんらつ》すぎ」

　確かに鈴香は歌はうまいが演技はいまいちだ。それでも彼女が起用される理由は人気と運だろう。

「演劇バカのお前にしては、今回は見る目がないんじゃねぇのか？」

「いや、だから……」

　元々役者で観劇をこよなく愛している楽真は、二百年近くいろんな劇場に通ってきた。そのため役者を見る目は肥《こ》えている。残念ながら神崎鈴香は楽真がファンになるほどの役者ではない。

　これについてはごまかせないと諦め、楽真は必死に言い訳を考えた。本当のことを話せば上総は眠ろうとしないだろう。この時期に絶対に無理はさせたくなかった。

「えっとさ、実はこのまえ大智に誘われて渋谷《しぶや》の劇場に観劇に行ったんだよ。あいつが神崎鈴香のファンだっていうから付き合ったんだ」

「……そんな話は初めて聞くな」

「いちいちそこまでご主人様に報告しなきゃいけないのかよ」

「いいや」

「まぁ、そんで舞台上に立つ神崎鈴香を初めて見たんだけど……なんでか彼女の顔に死相が出ててさ」

「死相？」

　上総の目が自然とテレビ画面に向いた。これは彼女が助演として出演している恋愛ドラマだ。

「見える？　死相」

　楽真が上目遣いに問うと、上総は首を横に振った。

「画面越しじゃわからないな」

「うん、俺もそうなんだよ」

　何度テレビで見ても鈴香の死相は見えない。画面というフィルターを通すと、たとえ上総でも認識できないようなので、楽真に見えないのも当然だろう。ドラマはあらかじめ録画されたものを流している上に、カメラのレンズ、液晶のテレビ画面、加えて電波といくつものフィルターを通しているのだから、人間の生気など映るはずがない。

「生身の彼女にはしっかりと死相が出てたんだ。でもさ、これが変なんだよ」

「変？」

「死相ってさ、寿命が尽きる前に出るものだろ？　あとはあやかしに取り憑かれてて死期が近かったりする人間とか」

「そうだな」

「でも、彼女は違ったんだ。俺の勘違いなのかもしれないけど……彼女の死相は寿命でもあやかしに取り憑かれたものでもない気がしてさ……。そうなるとなんで死相が出てるのか気になって」

「……なるほどな」

「──それでお前、普段は見もしねぇ週刊誌なんか買って神崎鈴香を調べてんのか？」

兎三郎が週刊誌の頁《ページ》をめくる。

「あ、いや……これは……」

実は週刊誌を購入してまで知りたかったのは鈴香のことではない。どちらかというと篠井るりの方だ。彼女の引退の動機がわかれば鈴香の死相の要因もわかるかもしれないと思ったのだ。

篠井るりは国民的スターだったので、芸能界を辞めた今も電撃引退の真相を探ろうと週刊誌は彼女の周りを嗅《か》ぎまわっている。大智にもさりげなく篠井るりと懇意《こんい》にしている編集長に取り入って情報を入手しろと指示しているが、まだ彼からの連絡はなかった。

「楽真、人の寿命は染色体に刻まれていることを知ってるか？」

「染色体？」

「人間は生まれた瞬間からある程度の寿命が決まっているんだ。それはちゃんと染色体に刻まれていて、最近はそれが科学的にも証明されている。その染色体が長いか短いか、傷ついているかいないかで、その人間が長寿かどうかくらいはわかるようになってきたんだ」

「お……おう」

突然、サイエンスなことを言い出したので、楽真は困惑しながらわかったようなふりをした。

「本来染色体に刻まれた寿命というものは、老衰だったり病気をしたりと体内に変化が起きた時に死相として顔に表れる。いわゆるそれが自然死だな。だが、お前が彼女の死相に違和感を覚え、しかもあやかしが取り憑いてもいないというのなら、彼女の死は突発的なものだということだろう」

「突発的なもの？」

「たとえば、染色体に関係がない出来事……。事故か事件だ」

「――っ！」

楽真は絶句した。

やはり、そうだった。

隣の芝生は青いが地下には毒水が流れていると、そう言ったのは楽真自身ではないか。人気絶頂だった篠井るりが運命を交換してまで己の人生から逃げたかった理由が、事件や事故絡みだとしたら、その運命が鈴香に襲いかかるということだ。

「どうした？」

「あ、いや……。もしそうなら鈴香がかわいそうだなと思って」

「だが、運命は変えられない」

「う、うん」

不意に上総が大きく息をついた。突然、グラリと身体《からだ》が傾いたので、楽真と兎三郎は慌てふためく。

「大丈夫か、上総!」

「早く床に入ってください。これ以上無理をされては妖力どころか、お体にも障《さわ》ります」

「そ、そうだよ! 俺あんたを担いで寝室まで運びたくねぇよ! 早く布団に入れって」

上総は苦笑して楽真の頭を撫《な》でた。

「俺が眠っている間は絶対に屋敷の外に出るなよ」

「わかってるよ。いつもおとなしくしてるだろ」

「そうだな……」

どんどん上総の瞼《まぶた》が重くなっているのがわかる。なんで今まで必死に起きていたのかがわからず、楽真は安心させるように引きつった笑みを作った。

「言われなくても屋敷に籠《こ》もってるから。あんたが早く寝てくれないとこっちの心臓が持たない」

「やんちゃなようで意外とお前は躾《しつけ》がいいからな」

「犬みたいに言うな」

早く寝室に行かせようと腕を引くと、上総がそれを引き戻した。己の額《ひたい》に楽真の額を当てて細い声で囁《ささや》く。

「もし、お前になにかあっても、俺が必ず守る」

「……っ」

一瞬、楽真の頬に朱が差した。なんだ、今のは。

当惑を隠せずにいると、上総が微笑を浮かべて瞳を閉じた。

「それが俺の責任だからな」

「……上総?」

なぜ急にそんなことを言われたのかわからず、思考をフル回転させていると兎三郎の足蹴《げ》りが飛んできた。

「ごらぁ！　グズグズしてねぇで上総様を寝室までお運びしろ！　お風邪をめされたらどうすんだ！」

理不尽な叱咤《しった》をされて、楽真は我に返った。

「あー、もう！　だから言ったじゃんか！　寝室まで運ぶのは嫌だって！　あんた、俺より身体がでかくて重いんだからー！」

楽真はピクリともしない上総の腕を肩に回して力いっぱい持ち上げた。この体格差がすごく悔しい。自分がもっと頼りになる男だったら上総の負担も少しは減らせるのだろうか。

大の男をどうにかこうにか寝室まで引きずっていって布団へ転がすと、楽真は肩で息をしながら丁寧に掛け布団をかけてやった。

「ったく、世話が焼ける……」

上総の横で大の字になって呼吸を整えていると、天井に神崎鈴香の顔が浮かんできた。

結局最後まで運命交換アプリのことは上総に言えなかった。だが、言わなくて正解だと思っている。今の彼にこれ以上負担はかけられない。

鈴香は現在、先日観劇した舞台の真っ最中だろうか。この時間なら夜公演だ。そんなことをぼんやりと思っていると、不意にシャツのポケットに入れていたスマホが鳴った。取り出してみると大智からメールが送られてきていた。

「――っ！」

液晶画面を開いた瞬間、楽真は身体を跳ね起こした。

『篠井るりが引退した本当の理由がわかった――』

その内容にいてもたってもいられなくなり、楽真は上総の寝顔を一瞬だけ見て部屋を飛び出した。

（ごめん、上総。やっぱり俺、彼女を放っておけない！）

あれだけ屋敷にいろと厳命された後だったので後ろめたさは多分にあったが、それでも楽真は衝動を抑えることができなかった。

◇

『はい、一一〇番です』

「助けて！」

鈴香は薄闇の中を懸命に走りながらスマホに向かって叫んだ。

『どうされましたか？』

「今、刃物を持った男に追われてるんです！」

『場所はどこですか？』

「新帝立劇場の地下駐車場！　関係者側です！　いいから早く助けて！　このままじゃ殺されちゃう！　──あっ！」

突然、ヒールのかかとが折れた。鈴香は受け身が取れず派手にコンクリートの上に転んでしまった。弾みでスマホが遠くへ飛んでいき、鈴香は悲鳴を上げる。

「あ、嘘！　なんで、嘘でしょ！」

使い物にならなくなったヒールを脱ぎ捨て、鈴香は立ち上がろうとした。刹那《せつな》、背後から髪をわし摑まれ、喉《のど》が潰《つぶ》れるほど後ろに引っ張られた。

「た、助けて……」

男の荒い息づかいが耳元に近づいてくる。鈴香は両目から涙を溢れさせた。

「待って、殺さないで。お願い……私がいったいなにをしたのよ……――っ！」

グサッ！　と背中から嫌な音がした。同時に襲った激痛に、鈴香は絶叫する。男は獲物に嚙みつくライオンのように、鈴香を何度も何度も滅多《めった》刺しにした。

（なんで、なんで、なんでぇ！）

自《みずか》らの血の海に沈み、鈴香は遠のく意識の中で初めてあのアプリを使った時のことを思い出していた。これが走馬灯なのだろうか。


最初は高校二年の夏だった。特に家柄に恵まれていたわけではない鈴香がレベルの高いお嬢様学校に入学できたのは、いつも上位だった成績と少しの運のおかげだったのかもしれない。

昔から自己主張が苦手でおとなしかった鈴香は、常に自信を持ち輝いているお嬢様たちに囲まれ、ずいぶんと肩身の狭い思いをしていた。

そんな自分を標的にしたいじめが始まったのは入学して間もない頃だった。クラスで目立つ女子グループに目をつけられたのだ。地獄《じごく》の学校生活は約一年半も続いた。

そんな時、偶然闇サイトであのアプリを見つけてしまったのだ。自殺の方法を探していて、たまたま迷い込んだサイトにあったアプリだった。

　このアプリなら、もしかして本当に運命を変えられるかもしれないと思った。そんなバカなことを信じるなんて、きっとあの時の自分は正気じゃなかったのだろう。とにかく、鈴香はあの地獄の学校生活から逃げるために必死だったのだ。

　だが、あのアプリにいじめグループのリーダーが登録しているなんて、誰が想像しただろうか。交換相手が彼女だと知った時、鈴香は本気で目を疑った。

（だって、そうでしょう？）

　学校で一番裕福で友達も多くて、誰もが羨む美貌を持っている女。しかもストレス発散のための道具《わたし》もいるのに。いったい、なんの不服があるというのか。

　ずるいと思った。何もかも持ってるくせに、まだ何かを得ようとしている彼女が心底憎かった。だから、ダメもとで交換申請をしてみた。彼女も相手が鈴香で驚いただろう。どうせ断られると思ったが、申請は意外とすんなり通ってしまった。

（どうして？　なんで？　私と運命を交換するのよ？　みじめな学校生活がこれから待ってるのよ？）

　翌日から二人の人生はがらりと変わった。彼女は学校でいじめのターゲットにされたが、なにをされてもいつも凛《りん》としていた。これくらいのことで負けるものかという顔をして、毎日学校に来ていた。

鈴香は逆に幸せになった。いじめもなくなり、友達もたくさんできた。心なしか容姿も綺麗《きれい》になっていったように思える。その頃から男子にもモテるようになり、夢みたいな学校生活を送れた。……が――

運命を交換してから三カ月後に、鈴香の父親がいきなり蒸発してしまった。

鈴香の家はそれなりに幸せな家庭だった。両親の仲も周囲から羨ましがられるほどよく、一人娘の鈴香を心から愛してくれていた……はずだったのに……。いつの間にか、父親は外に愛人を作り、激しい散財を繰り返すようになった。おまけに経営していた会社が事業に失敗して倒産。あんなに家族思いだった父親は、あっさりと鈴香と母親を捨てて逃げた。

そこで気がついたのだ。ああ、人をいじめて楽しんでいた彼女は、本当の意味で愛を知らない子だったんだと。

きっと、彼女の両親の仲は昔から冷え切っていたに違いない。離婚も時間の問題だったのだろう。もしかしたら、彼女は親からの愛情を受けずに育ってきたのではないだろうか。だから、家でのストレスを学校で発散させていたのだ。

愛を知らずに育ったかわいそうな子供。それが彼女の闇だ。

だけど、それでもいいと鈴香は思った。彼女は家庭が地獄だった。自分は学校が地獄だった。辛《つら》いなら、どっちも同じだ。

（――ほんと？　本当に同じだった？）

卒業後に聞いた話だが、彼女の両親は今は嘘みたいに仲良くやっているらしい。父親の事業もますます成功して、彼女は裕福なまま本当の家庭の愛を知ることができた。

（ねぇ、これってどうだったの？　私は我慢するべきだった？　そうすれば父親の事業は成功して幸せな家庭のままだった？　それとも彼女の人生をたどって家庭を崩壊させてでも楽しい学校生活を手に入れるべきだった？）

わからない。どっちがよかったのかなんて、今となっては本当にわからない。

二度目にあのアプリを利用したのは、奨学金でどうにか入った大学二年の夏のことだった。理由はありきたりだ。サークルの先輩に恋をしたのだ。だけど彼には完璧な彼女がいた。それでも鈴香はどうしても彼が欲しかった。彼さえいればきっと幸せになれるだろうと思った。もっと美しくなれば彼も振り向いてくれると思って、あのアプリに頼ることにした。そして、ここでも出会ったのだ。彼の彼女に。

（嘘でしょ？　なんで？　ラッキー。……本当にそう思った。バカでしょ？）

あのアプリを利用する人間は完璧な幸せ者じゃない。そんなこと、前回の交換でわかってたはずだったのに、欲には勝てなかった。

今回も見事に交換は成立した。翌日から大好きな先輩は鈴香の彼氏になった。

最初は本当に幸福だった。男の人と付き合うなんて初めてだったから、鈴香は浮かれて周りが見えなくなっていた。彼のよくない噂《うわさ》を度々耳にしたけど、忠告してくれた友達とはケンカをしてでも聞かないふりをした。おかげで、何人か友達はいなくなったけど、そんなことどうでもよかった。彼が喜んでくれることなら、自分はなんでもやれると思った。そう、彼がお金に困ってた時も財布の紐《ひも》をしめることはしなかった。

いったい、いくら貢《みつ》いだだろうか……。三百万は優に超えているが、金額なんてはっきり覚えてない。彼に貢ぐために水商売もやった。貢ぐ金が足りないと、彼から暴力もふるわれたけど耐えた……。ああ、これが噂に聞くDVかって、頭の隅《すみ》でぼんやりと思いながら鈴香は殴られ続けた。

(だって、彼は殴った後は嘘みたいに優しかったから……)

それが本当に嬉《うれ》しかったなんて、あの頃は何もかもが麻痺していた。

(ねぇ、元彼女さん。あんたは彼が怖かったんだね。だから、彼から逃げるために私みたいにバカじゃなかったから、目が覚めるのが早かったんだね。だから、彼から逃げるためにあのアプリを使ったんだ。私と交換した人生はどうだった？　――あ、違うか。元々は私をいじめてたあの女の人生だ。あのDV男よりも素敵な彼氏を見つけられた？　今度こそあんたを心から愛してくれる男に巡り合えた？　それはそれで悔しいけど、よかったね)

さすがに懲《こ》りた鈴香は、もう、あのアプリを使うつもりはなかった。だが、水商売をしてる時にたまたまテレビ局のプロデューサーと知り合ってしまったのだ。それから芸能界デビューが決まるのは早かった。最初は芸能界なんかに興味はなかったが、華やかな世界に浸かっていくうちに、また欲が噴き出してきた。

名声が欲しい。有名になりたい。この頃の鈴香はもう正常な思考を持っていなかった。

みんな、私を愛して。私をお姫様にして……！

目の前にそれを体現してる女王がいた。トップアイドルの篠井るり……。でも、まさか彼女と運命を交換できるなんて思ってもいなかった。

（でも、るり。あんた最低だよ。ずるいよ！　……こんなこと、隠してたなんて……）

酷《ひど》いストーカー被害。彼女と運命を交換したとたんに始まった恐怖の日々。誰からかもわからない無言電話は家に着くなりにかかってきた。どこに行っても何者かの視線が絡みついてきて怖かった。脅迫《きょうはく》まがいのファンレターは何百通にも及んだ。売れっ子だったら当たり前だと気丈にふるまっていたけれど、本当は恐ろしくてしょうがなかった。いつ襲われるかもしれない不安と毎日戦ってきた。

（ねえ、マネージャーから聞いたよ、るり。あんた一度暴漢に襲われてたんだってね。マスコミが騒ぐから、大事にはしなかったらしいけどさ。……でも、もう限界だったんだね。アプリを使ってまでこいつから逃げ出したかったんだね）

鈴香は血まみれの男をぼんやりと瞳に映した。

（誰よ、あんた）

悔しいが、いい男だと思う。目立つ金髪の優男《やさ》。目鼻立ちはくっきりとしている。でも、それがなんだというのだ。こんな見ず知らずの男に殺される覚えはない。

（ねぇ、私を見てみなよ、るり。結局このざまよ……。あんたの運命が私を殺した。ううん。私の際限のない欲望が私を殺した）

「――鈴香!?　いるのか、鈴香！」

地下の駐車場に犯人とは違う青年の声が響いた。金髪の男は包丁を握りしめたまま一目散に逃げていく。鈴香の目がこの世を映したのはこれが最後だった。

（誰だろう?　マネージャーの声じゃない。まぁ、もう誰でもいいわ。どうせ、私は死んでるんだから。そういえば、数日前に来た変な記者が言ってたっけ……）

『運命交換なんて、まずまともな人間はしない。人生に闇を抱えてるからこそ、人の運命が羨ましくなるんだ。きっと篠井るりも同じだ！』

本当に彼の言う通りだった。

これで神崎鈴香の人生は終わりだ。ああ、最後の最後まで滑稽《こっけい》だった。

人の運命を歩いたってろくなことがない。多少辛くても辛抱すれば道は開けたかもしれないのに、気づくのが遅すぎた……。

最後の五感である聴覚が完全に閉じかけた時、ようやくパトカーのサイレンがうっすらと聞こえてきた。

（ねぇ、わざわざ来てもらって悪いけどさ。一言だけ悪態ついてもいいかな？　――今ごろ遅いんだよ！　バーカ！）

3.

マンションに帰宅した圭人は、真っ暗なリビングの電気をつけた。時計の針はすでに深夜零《れい》時を回っている。大智はすでに寝ているようだ。夕食をとる気も起こらず、圭人はさっさと風呂に入ってベッドへ横になった。連日、本庁の仕事と並行して金髪男の見当たり捜査を行っているので、身体の疲れが半端ない。

見当たり捜査とは、犯人の顔を完璧に覚えて街中で探し出す捜査方法だ。気の遠くなる作業だが、何も手がかりがない時はこれしか手がない。

（とうとう満月か……）

スマホで月齢を確かめて、圭人は溜め息をつく。

死神と思《おぼ》しき男の面がわれてから一カ月近くたとうとしているが、相手は巧妙に姿を隠しているのか、まだ発見にいたってはいない。画楽多堂《がらくたどう》のあやかしたちでさえ捕縛に苦労しているのだから、自分が見当たり捜査をしたくらいで助けになるはずはないのだが、それでも、じっとしていることはできなかった。

（早く死神を見つけないと……）

大智の寿命を取り返し、彩菜《あやな》を安らかな黄泉《よみ》へ送ってやることはもちろんだが、なによりも楽真のためにだ。

画楽多堂で佐伯を見送った後、圭人は兎三郎にこっそりと外の喫茶店に呼び出された。そこには神妙な面持ちの上総と兎三郎しかおらず、かなり緊張したのを覚えている。

『――死神の狙いは、楽真だ』

上総は唐突にそう言った。楽真に感づかれないように向かいの喫茶店に入れと兎三郎に言われた時は何事かと思ったが、この言葉で全てが理解できた。

『死神は俺を狙ってるんじゃなかったんですか？』

尋ねると、兎三郎が上総の肩からテーブルの上に飛び移って件《くだん》の似顔絵を開いた。

『楽真の戯《ざ》れ言《ごと》なんか本気にしてんじゃねぇよ。――根拠はこいつの顔だ』

『顔？』

『清水《しみず》神社で金髪の優男の話をしてた時に嫌な予感はしてたんだが、やっぱりだ。こいつはあやかしオークションで楽真を競り落とそうとした男と同一人物に違いねぇ。こいつは俺と最後まで楽真を競り合ってたんだが、やけにしつこくてよ。よっぽどあのアホが欲しい物好きだろうと呆れていたが……。まさか死神だったとはな』

『……でも、死神がなぜ楽真さんを？』

兎三郎が上総を見ると、上総は両腕を組んだ。

『楽真が人間とあやかし両方の魂《たましい》を持つ〝不融合の者〟だからだ』

『不融合の者？』

『俺は楽真が死んだ直後にあいつをあやかしとして転生させた。だから、芝居小屋の火事で死んだあいつの魂は黄泉に一度も行っていないんだ。人間は黄泉に行って初めて死者となるが、楽真には死者だった時期がない。だから、あいつはまだ人間でもあり、あやかしでもあるということだ』

『それは……どういう……。楽真さんが黄泉に行った後であやかしにすることはできなかったんですか？』

『一度黄泉に行ってしまった人間をあやかしとして転生させることはできないんだ。黄泉に行く前……肉体から魂が抜け出る寸前を狙わなければ、あやかしにはできない。全てはタイミングだ。だから、人からあやかしに変わった者の身体には魂が二つという不融合が生じてしまうんだ』

『一つの身体に人とあやかし二つの魂が……』

その時の主人の混乱は相当だった。理屈がわかっても、内容的には理解不能だ。人間の感覚にあやかしの世界を当てはめてはいけないのかもしれない。

『不融合の者って、あやかしの世界でも珍しいんですか？』

『ああ。死神がその魂を欲しがるほどにはな』

兎三郎が憎々し気に吐き捨てる。

『死神っていってもいろいろいてよ。中には悪食《あくじき》で魂そのものをむさぼる奴もいる。寿命をチマチマ喰《く》うよりはよほど強い力が得られるし、腹も満たされるからな。けど、普通の死神はそんなこと滅多にしねぇんだ』

『どうしてですか？』

『考えてみろ、どいつもこいつも魂がむさぼり喰われたら、餌《えさ》となる人間そのものがいなくなっちまうだろ。人は寿命が尽きたら死んじまうが、魂さえあればいずれ生まれ変わることができるんだ。言ってみりゃ魂さえ喰わなきゃ死神の食料は尽きないってわけだ』

『なるほど』

『でも、悪食はそんなのお構いなしだからな。仲間の死神からも疎まれる存在なんだよ』

『……じゃあ、今回楽真さんを狙っているのはその悪食なんですね？』

『人間とあやかしの魂を持ってる奴なんて滅多にいねぇレアものだ。死神にとっては珍味。ごちそうそのものなんだよ。楽真はあやかしオークションで運悪くその悪食に見つかっちまったんだ。今から考えりゃ悪食そのものがオークションの黒幕だったのかもしれねぇしな』

主人は言葉も出なかった。うっかり似顔絵を握り潰しそうになり、慌てて力を緩める。

『なら、その死神はなぜ楽真さんと直接関わろうとしないんでしょうか？　こんな……俺たちを弄《もてあそ》ぶようなマネをして』

『――死神は容易に楽真に近づくことができないからだ』

厳しい声音《こわね》で上総が言った。

『え？』

『あれには俺の鈴がつけてある』

『す、鈴？』

『首輪みたいなものだ』

穏やかでない単語が飛び出してきて、主人は一瞬会話の内容も忘れてマヌケ面《づら》になった。

『なんだ、その顔は』

『いや……首輪って』

『語弊《ごへい》があったか？　守護の術のことだ。楽真は俺が生み出した不融合の者だ。いろいろ危険も多い。だからあれになにかあればすぐに気づけるように守護をかけているんだ』

『そ、そうですか』

それならそうと言ってほしい。変な誤解をしてしまったではないか。

安堵《あんど》すると、兎三郎が面倒くさそうに鼻をひくひくさせた。

『上総様の守護があるから、死神はおいそれと楽真にちょっかいをかけられねぇんだよ。だから、周囲をかき乱して様子をうかがってるんだろうな。……画楽多堂と関わりが深い人間のお前は、言ってみれば俺らの穴だ。そこをピンポイントで狙ってきてるんだろうよ』

『穴……』

『お前や巻きこまれた連中には気の毒だがな』

『いえ……。穴というのは本当のことだと思いますので。このことを、楽真さんには？』

『今は黙っておいた方がいい。自分のせいで、大智や彩菜があんな目にあったと知ったら、あいつはどうすると思う？』

『……ですね』

直情的で情に厚い楽真のことだ。きっと己を責めるに違いない。おまけに無理をしてでも死神を捕縛しようとするだろう。ヘタをしたら自らが囮《おとり》になる可能性だってある。

『絶対に黙っておいた方がいいですね……』

だからこそ、死神はなんとしても見つけなければならない。親しい人たちの安寧と、楽真のためにも。

圭人は喫茶店で交わされた会話を思い出して、寝付けぬまま寝返りを打った。

最後に聞いた上総の言葉が特に耳から離れない。

『問題は満月だ。満月が来ると俺は深い眠りにつく。その間は楽真の守護がどうしても弱くなる。もし死神が前回の満月でそれに気づいていたなら厄介《やっかい》だ』

「――厄介……か」

満月までに悪食を見つけることは、画楽多堂のあやかしたちの至上命題となっているようだが、主人のところに奴を捕縛したという連絡はまだ入っていない。それどころか、最近は悪さをしている気配もないらしい。だとしたら……。

「間違いなく満月を待っているんだ」

主人が眼光を鋭くしたその時だった。不意にスマホが鳴った。

こんな時間に誰だろうと画面を見るが、知らない番号からだった。

「はい？」

若干警戒して出ると、電話の向こうで意外な人物の声がした。

『ちょっと！　お坊ちゃん、大変よ！　楽真が殺人容疑で逮捕されちゃったのよー！』

「ええっ⁉」

名乗りもしない相手から発せられた言葉に、主人は仰天して跳ね起きた。

「た、逮捕って！　いったい、なにがどうなってそんなことになったんですか⁉」

スマホに向かって大声を出すと、釜戸守《かまどまも》りらしき人物にうるさいと怒鳴り返された。

「す、すみません。――それで楽真さんはどこに勾留《こうりゆう》されてるんですか？　――え？　代々木《よよぎ》署？　新帝立劇場で人を刺した？」

新帝立劇場なら、確かに管轄は代々木署だ。元々佐伯と圭人が勤務していた署でもあるので二重に驚いた。

「いったい、楽真さんは誰を刺したんですか⁉」

『バカ！　本当にあの子が人を殺すわけないでしょ。だけど被害者がとんでもなくて――』

釜戸守りから被害者の名前を聞いたとたん、圭人は無意識に立ち上がってしまった。

「――兄貴？　こんな夜中になにを騒いでんだよ」

パニックに陥《おちい》った圭人の声は、寝室を突き抜けて大智の部屋まで届いていたらしい。迷惑そうな顔で部屋に入ってきた弟を手で制して、圭人はどうにか釜戸守りと会話を続ける。

「神崎鈴香って、あのアイドルの⁉　どうしてそんなぶっ飛んだことになったんですか！」

神崎鈴香といえば人気絶頂のアイドルではないか。彼女と楽真にいったいなんの接点があるというのか。

『どうでもいいから、あんたも早く画楽多堂にとんできなさいよ！　こっちも状況が把握《はあく》できてなくて、何がどうなってるのかわからないの！』

「わ、わかりました！　すぐに行きます！」

十分以内に来なさいと無茶を言われながら、圭人は通話を切った。

「大智！　意味がわからないけど、楽真さんが神崎鈴香殺害の容疑で逮捕されたらしい！」

「はっ⁉」

「とりあえず俺はすぐに画廊に行くから。ひょっとしたら所轄に捜査本部が設置されるかもしれない。そうなると、当分帰れないかも……」

パジャマを脱ぎ捨ててシャツの袖《そで》に手を通していた圭人は、微動だにしない大智の様子が気になってさすがに動きを止めた。

「どうした？」

「兄貴……それ、やばいかも」

「え？」

「楽真が逮捕されたのは、きっと俺のせいだ」

「……──っ!?」

弟の衝撃的な告白に、圭人は目の前が回転する感覚を覚えた。

「……いったい何がどうなってるんだ」

「本当に申し訳ありませんでした！」

画楽多堂に入るなり、圭人は額が膝《ひざ》につくほど深々と頭を下げた。画廊には、兎三郎と皇、嵐、釜戸守りが勢揃《せいぞろ》いしている。上総の姿がないが、今日は満月なので眠っているのだろう。

「とりあえず顔を上げろ来栖《くるす》。話を聞く限り悪いのは楽真だ」

どれだけ責められるかと覚悟をしていたが、意外にも皇は怒らなかった。

嵐と釜戸守りは呆れ果てたように椅子に座って項垂《うなだ》れているが、彼らからも非難されたりはしなかった。どちらかというと、あやかしたちは誰にも相談せずに一人で突っ走った楽真本人に腹を立てているようだ。

「あんたもとりあえず座りなさいよ」

「はい」

釜戸守りに促《うなが》されて、圭人は近くにあったイーゼルの前の椅子に腰掛けた。

「圭人、あんたが謝る必要はないのよ。まぁ、巻き込んだのは大智かもしれないけど、あたしたちに内緒で勝手に動き回ってたのは楽真だからね。これは自業自得よ！」

釜戸守りの声がだんだんと怒りを帯びてくる。

「なんであたしたちに一言相談しなかったのかしら、あの子！　あげくの果てには警察に逮捕されるとか……おバカすぎてフォローする気にもならないわよ！」

「満月の直前やったからやろ。俺らに相談したら自然と上総様の耳にも入るからな。せやけど、よりによって満月の日か……上総様を起こすわけにもいかんしなぁ」

「――それだけはできねぇな。俺も上総様の側を離れられねぇし……お前らでどうにかしねぇと」

「俺らでっちゅうてもな……」

兎三郎の言葉に嵐が頭を抱える。彼らでどうにかできない理由があるのだろうか。

「――来栖。その運命交換アプリとやらを見せてみろ」

皇に手を出されたが、圭人は更に申し訳なさそうに大智のスマホを鞄から取り出した。

「そ、それが……アプリそのものが消えてしまって。今は開けないんです」

「どういうことだ？」

「大智は消した覚えがないらしいんですが」

二人で懸命にスマホの中やネットを探ってみたが、アプリは見つからなかった。それどころか時々大智が覗いていた闇サイト自体も消えていた。まるでサーバーごと全ての痕跡を消滅させたかのようだ。

「なんや、それ。楽真が逮捕されたとたんアプリが用なしになったみたいやな」

「……みたいじゃなくてそうなんだろう」

あやかしたちは、顔を見合わせた。

「ちょお、待てや。話が渋滞しとるさかい、いったん整理するで。『運命交換アプリ』っちゅうのは、運営が人間の寿命を代価にして条件の合った相手と運命を交換するっちゅうえげつないアプリなんやな？　それを元アイドルの篠井るりの話から知った大智はそれをインストールしたと……」

「はい」

「もうその辺からあやしいやないか。大智から楽真経由は目に見えとる。——圭人。お前の弟はまたしてもダシに使われた可能性が高いで」

「ダシですか」

「犬神の時と同じや。楽真に近い人間……つまりお前という穴がまた利用されたっちゅうことや」

「それって、やっぱり死神ですか？」

「そうや」

嵐がはっきりと頷くと、釜戸守りは特大の溜め息をついた。

「まったく、とんだことになったものね。おバカな楽真はまんまと神崎鈴香というエサに引っ掛かっちゃったのよ。神崎鈴香は篠井るりの運命をなぞる形でストーカーに殺された。わざわざ満月の夜にね！　しかも楽真が逃げる間もなく警察が来るなんてタイミングがよすぎる。この日を狙って全て計画されていたとしか思えないわ」

「やっぱり上総さんの守護が弱まる日をずっと狙っていたんですね……」

「そうね。楽真は警察じゃなくて死神の手中に捕らえられたと考える方が自然よね」

圭人は動悸《どうき》を抑えて立ち上がった。まさか大智を二度も利用されるとは思いもしなかった。弟に罪はないものの、ことがことだけにやはり兄として激しく責任を感じる。

「と、とりあえず、上に掛け合って代々木署に楽真さんの勾留を解いてもらいます」

「何を言ってるの。いくら警視庁と画楽多堂が繋《つな》がってるとはいえ、あんたの上司は知らぬ存ぜぬを決め込むわよ」

「え？　なぜですか」

「あたしたちはあやかしよ？　そんな連中と関わってるなんて警視庁が表向きに認めるはずがないでしょ。いくら上に掛け合っても無駄。楽真は見殺しにされるのがオチよ」

「そんな……」

「でも、まぁ。真犯人がいる以上、楽真の容疑が晴れるのはそう遠くないでしょうけどね。問題は……」

「――あいつがいま現在代々木署に勾留されとるっちゅう事実や」

「……所轄に勾留されていると何かまずいんですか？」

「あのな、なんでわざわざ警察署に楽真が捕らえられたと思うとるんや。俺らが動きにくいからに決まっとるやろ」

「そうなんですか？」

「ぶっちゃけ俺や皇が本性をむき出しにして代々木署に乗り込んで、楽真を奪還してくるのは簡単やで？　せやけど、そんなことをしたらなんの罪もない警官を傷つけることになるやろ？　最善の注意を払ったってパニックになった代々木署の連中を無傷でっちゅうのは難しい話や。あいつら拳銃をバンバン撃ってくるやろうしな」

「つまり、人間よりあやかし相手の方が話は簡単だということですね」

「そうや、俺らも遠慮せずに暴れられるしな。それに代々木署に妖狐《ようこ》や土蜘蛛《つちぐも》が出たなんて話になったら本庁も黙っとらんやろ。最悪俺らの討伐なんて話にもなりかねんで」

「そんな」

「そのために、お目付役……専任管理官のお前がおるんやろ」

言われればそうだ。圭人の本来の仕事は彼らあやかしの監視だ。ときおり事件に協力してもらっているのに酷い話だとは思うが、それが現実なのだからしかたがない。

「……死神はそれを見越して代々木署にいるってことですか？」

「警官の中に紛れ込んどるかもなぁ。とにかく楽真に危険が迫っとるのは確かやや」

焦りを隠せず圭人は自分の胸に手を当てた。

「だったら、明日の朝に俺が楽真さんの面会へ行ってきます。皆さんと違って本庁の人間ですし。代々木署には知り合いも多いので楽真さんと話すことぐらい簡単です」

「それも、そうやな……。なんの情報もないよりはマシかもしれん。とりあえず署内の様子を探って来いや」

「はい！」

あんなに必死に死神の捜索をしていたのに、結局満月までに捕らえることはできなかった。これは取り返せない失態だ。死神の手の内で転がされている自分が許せず、圭人は強く奥歯を嚙みしめた。

4.

「だから！　俺じゃないって言ってるだろ！」

　代々木署の取調室で、楽真は硬く冷たい机の上を強く叩いた。

「だったら、なぜ神崎鈴香の遺体の側にいたんだ」

「それは何度も言ったでしょうが！　俺は、第一発見者なの！　犯人が逃げていく姿もこの目でチラッと見たんだから」

「劇場の関係者でもないお前が、関係者側の駐車場にいたのはなんでだ？」

「そ、それは……」

「現場はちょうど監視カメラの死角になってな、残念ながら犯行の瞬間は映っていないんだ。お前が言う真犯人がいる証拠はどこにもないんだよ」

「だったら、俺の犯行だっていう証拠もないんだろ？　凶器だって持ってないしさ。あれだよ、真犯人は神崎鈴香のストーカーだって！　もっとちゃんと調べてくれよ！」

「そのストーカーがお前なんだろ。お前一度雑誌編集者に紛れて神崎鈴香の楽屋に押し入ったそうじゃないか。鈴香がお前をストーカーだと騒いでいたという証言もある」

「そんなことだけ調べが早いな！　——っていうか、そこだけは言い逃れができねぇ。……でも俺、ストーカーじゃないから」

もう、何度この同じ問答を繰り返しているだろうか。この鈴原《すずはら》という刑事、まだ若いのに年季の入ったベテラン刑事並みのしつこさだ。楽真は辟易として机の上に突っ伏した。

「だから、本当に俺じゃないんだよ」

「凶器はどこに隠した？」

「しーりーまーせーんー」

昨日からほとんど寝ていないので疲労困憊《こんぱい》だ。受け答えにも覇気《はき》が無くなってくる。

「なぁ、それよりさー。俺の筆を返してくれよー」

「筆？」

「ここに来る前に腰袋ごと押収しただろ。あれスッゲー大事なもんなんだよ」

「……ああ、あの筆か。ダメだ」

「なんで!?　筆じゃ凶器になんないだろ！」

「なにが証拠になるかわからんからな」

もうダメだ。のれんに腕押しすぎる。楽真は半分涙目になって自分の迂闊《うかつ》さを呪った。

あの筆は自分が人間だった時から使っていた大事なものだ。芝居小屋の火事の時に上総が拾って守ってくれた。

もう二百年近く使っているのに、少しも傷《いた》んだりしない不思議な筆だった。きっと、楽真があやかしになった時に、筆も一緒に付喪神《つくもがみ》になったのだ。

あの筆でなければ能力が使えないということはないが、それでも苦楽を共にしてきた筆を手放すわけにはいかなかった。

「大事なものなんだ」

再度、鈴原に懇願するが、容疑が晴れるまではと首を縦に振ってくれなかった。と、その時、鈴原と交互に楽真の取り調べをしている女刑事が入ってきた。そろそろ交代の時間なのかと思えば、彼女はおもむろに三枚の写真を机の上に置いた。

「鈴原さん。新帝立劇場近くのコンビニの監視カメラに、地下駐車場から走り出してくるあやしい男の姿がとらえられていました」

「――っ！」

楽真はガバッと身体を起こした。

「男の服は血まみれで、うっすらとですが凶器のようなものを手にしているのが見えます」

「ほら、な？　俺の言った通りだろ！」

女刑事は厳しい表情を崩すことなく、楽真に数枚の写真を見せた。

「これは画像を最大限にクリアにしたものよ。男の顔も写ってる。彼に見覚えはある？」

いそいそと手に取った楽真は、そこに写っていた男を見たとたん愕然《がくぜん》とした。

「え？」

目鼻立ちのくっきりした金髪の優男。見覚えがあるどころではない。これはあの死神ではないのか？　自分が佐伯の目撃証言を元に似顔絵を描いたのだから容姿を忘れるはずがない。間違いなく同じ顔だ。

「知っているのか？」

鈴原の鋭い眼光に刺されながら、楽真はぎこちなく首をひねった。

「さ、さぁ？　知らないな」

「安西《あんざい》、こいつの身元は割れてるのか？」

鈴原が女刑事に問うと、安西はツラツラと答えた。

「この男の逃走経路の監視カメラを一台一台辿《たど》ってヤサを特定しました。男の名前は厚木《あつぎ》義彦《よしひこ》。現在無職です」

「厚木義彦？」

まさか、実在する人間の名前が出てくると思わなかったので、楽真は更に驚愕《きょうがく》した。

「こいつに戸籍があるのか？」

「はぁ？」

「戸籍を持ってる人間なのかって聞いてるんだよ！」

「なに当たり前のことを言ってるんだ」

動揺して言葉にしてしまった楽真を、鈴原がせせら笑う。

死神に戸籍なんかあるはずがない。だが、この男にはそれがあるという。

(こいつは死神じゃなくて、人間？　じゃあ、本物の死神はどこにいるんだ……)

「安西。厚木の経歴は？」

「はい。現在二十八歳で生まれも育ちも東京です。現在は実家暮らし。大学を出てから一度も就職はしていないみたいです」

「親のすねかじりか……」

「ええ。ただおかしいんです。この厚木義彦は元々篠井るりの悪質なストーカーでした。一度警察に被害届が出されていて、篠井るりへの接近禁止命令もくらっています。それでも脅迫めいたことは度々行っていたようで……」

「なんだそりゃ、篠井るりのストーカーがなんで神崎鈴香を殺すんだ」

答えは簡単だ。篠井るりと神崎鈴香が運命を交換したからだ。

結局、彼女を救えなかったことが今さらのように悔やまれ、楽真は目を伏せた。自分が上総たちに相談していたら、また結果も違ったのだろうか。

「篠井るりは電撃引退しましたし、彼女が消えた後で名声を手に入れたのは神崎鈴香ですから、逆恨みをした可能性もありますね。すぐ引っ張りますか？」

「そうだな。凶器があれば逮捕できるんだが……一応任意でな」

「はい」

安西はしっかりとした声で返事をして取調室を出て行った。

「……俺、帰れるの？」

写真を握りしめて尋ねると、鈴原が疲れたように首を回した。

「まぁ、もう少しゆっくりして行けよ。あんたの勾留を解くのは厚木の取り調べがすんでからだ」

「わかった……」

一度留置所に返されることになり、楽真はおとなしく従った。

どうせすぐに疑いは晴れるだろう。そこに関しては何一つ心配はしてない。ただ……。

楽真は不愉快な手錠をはめられながら、机の上の写真に目を落とす。

――本物の死神は誰なんだ。


取調室と留置所の間を連行されていると、背後から自分の名を呼ぶ声が聞こえた。

「――楽真さん！」

案内人の制服警官を押しのけて走ってきたのは圭人だった。楽真が逮捕されたと聞いて、飛んできてくれたのだろう。事情を知る身内の中では彼が一番適任だ。

「大丈夫ですか、楽真さん！」

「ああ、たぶん。真犯人はすぐ捕まると思うし、俺は平気」

落ち着かせるようにヘラッと笑うと、圭人が鈴原を見た。

「この人は俺の知り合いなんだ」

「知り合い？」

「人を刺すような人じゃない。俺が保証する。鈴原、彼をすぐに釈放できないのか？」

「今は無理だ。っていうか久しぶりに会ったってのに挨拶《あいさつ》もなしにそれかよ」

「悪い、慌てて」

鈴原との親し気な様子に楽真が首を傾《かし》げていると、圭人が本庁に戻る前にここにいたことを教えてくれた。

「でも、面会なら大丈夫だぜ。部屋を用意しようか？」

「面会室でなくてもいいのか？」

「ああ、一応容疑は晴れそうだし……。あんただしな」

本庁のキャリア様だからと言いたかったのか、親しい元同僚だからと言いたいのか。鈴原の言葉にはどちらも含まれているように聞こえた。面会室はアクリル板で仕切られている上に常に警官も一緒だ。鈴原は二人のために様々な制約を取っ払ってくれたのだろう。

「第二会議室を使ってくれ。けど、あんまり長い時間は無理だからな。ごまかせるのはせいぜい二十分だ。取り調べが長引いてることにする」

「ありがとう」

共に会議室に連れて行かれそうになり、楽真は焦って圭人の袖を掴んだ。

「圭人！　俺の筆！」

「筆？」

「押収されたんだ。なんとか取り返してくれよ。それと、この刑事から監視カメラの写真を見せてもらってくれ！」

「写真ですか？」

「神崎鈴香を刺した真犯人の写真だよ！　見ればわかるから」

楽真があまりにも必死なので、圭人は気圧《けお》されたように頷いた。

「わ、わかりました。楽真さんは先に行っていてください。俺は鈴原と話をつけますから」

「ああ！　頼む！」

珍しく頼りになる圭人に、楽真は顔を輝かせた。

鈴原に促されるまま刑事たちは楽真の腕を引く。だが、あまり乱暴にはせず、しかも手錠まで外してくれた。キャリアの威力は絶大だ。

楽真は複雑な思いで軽くなった手首を撫でた。

そのまま連れてこられた第二会議室は、取調室よりもずいぶんと広かった。大人二十人ほどは余裕で入れそうな場所だ。いくら空いているからとはいえ、こんなところを使わせてもらってもいいのだろうか。

楽真は制服警官監視の下、手近な椅子に腰掛けた。

（いったい、どういうことだ？）

楽真はあの金髪の男が死神だと信じていた。死神の外見はほとんど人間と変わらない。だから、なんの疑いも持たなかったが、あの男がちゃんと生きている人間なのだとしたら話は違ってくる。本物の死神が別にいるということだ。

（考えろ）

いつもはバカだバカだとけなされているが、こんな時こそ頭を使わなくてどうする。

（考えてみれば、死神は圭人の事情を知りすぎている……）

そう、最初からだ。引きこもりの弟である大智と、過去に世話になっていた佐伯への接触。そして、今度は大智の仕事内容に絡むオカルト。最後にこの代々木署だ。

圭人の顔が利く代々木署が絡んできたのも偶然なのか？　それとも、必然……。

必然なら、死神は圭人のすぐ側……少なくとも、来栖兄弟の近くにいる。

「お待たせしました。楽真さん」

五分ほどして、圭人が部屋に入ってきた。人払いをしてくれたので、楽真はせっつくように尋ねた。

「どうだった？　写真」

「ええ。驚きました。楽真さんが描いた似顔絵にそっくりでしたね」

「あいつ、人間なんだ。死神じゃなかった。圭人、お前の――」

近くにあやしい奴がいないかと言いかけた時、圭人が腰袋に入っていた筆を取り出した。

「はい。筆は無事でしたよ」

「あ、ありがとう」

拍子抜けして素直に受け取ろうとしたが、なぜか圭人は筆を放そうとはしなかった。

「なんだよ？」

「これ、もういらないですよね？」

「え？」

「もう二度と絵を描くことはないんですから」

「何を言っ……――圭人!?」

ゾッとするほどの笑みを浮かべて、圭人は楽真の大事な筆をいきなりへし折った。柄は硬い竹でできている。人間が素手で簡単に折れるものではない。

「あ……」

宝物を目の前で折られて楽真は呆然《ぼうぜん》とする。我知らず立ち上がり筆を拾うと自然と涙がこぼれ落ちた。

「お前……っ！」

怒りを抑えきれず、楽真は強く圭人を睨《にら》みつけた。

ああ……。どうしてもっと早く気がつかなかったのだろうか。

死神はこんなに近くにいた……。

「圭人……お前だったのか」

圭人は楽真の悲憤を真正面から受け止め、表情一つ崩さない。

「画楽多堂のあやかしたちも意外と甘い。こんなにヒントをあげていたというのに、私を疑うこともしないとは」

突然、圭人は楽真の腕を摑んだ。強引に引き寄せられ、側にあった椅子が倒れる。

「ようやく捕まえた」

圭人の瞳が赤く光り醜悪《しゅうあく》に顔が歪《ゆが》む。もう楽真のよく知る真面目でお人よしの男はどこにもいなかった。

「圭人……っ」

しかし、これはどういうことだ。圭人は間違いなく人間だったはずだ。側にいてもあやかしの気配など微塵《みじん》も感じたことはなかった。もし楽真が気づかなくても、上総ならきっと正体を暴いていた。なのに……。

「どうして……」

「ああ、そんなに顔を真っ赤にして。いいねぇ。義憤にかられた魂は極上なんだ。時間をかけて料理したかいがあったというものだ」

「黙れ！　変態野郎！」

「忌々《いまいま》しいあの男の守護がまとわりついていて、私では迂闊に触れることもできなかったからね。オークション会場で見つけた時から、ずっとその魂に焦《こ》がれていたよ」

「気持ち悪いことを言ってんじゃねぇ！」

怒り任せに楽真は拳を振り上げた。避けられたが折れた筆の先が圭人の頬を掠《かす》める。

「それで私を描くか？　どうやって？」

「筆は折れてたって使える！」

「そういう意味ではない。お前は自らの手でこの男を殺すのか？」

「……？」

「私を描くということは来栖圭人を描くに等しい。お前の兄弟たちはこの男を穴だと言っていたが、穴どころか、私を隠すブラックホールだったんだよ」

「……」

圭人の言わんとしていることがわからず、楽真は眉を寄せた。

「私は来栖圭人でもあり、厚木義彦でもある」

「え？」

「まだ、わからないのか？」

　圭人は喉の奥で笑って、さらに楽真を引き寄せた。

「死神の悪食は実体を持たないのだよ」

「──っ!?　でも、普通の死神はちゃんと体が……」

「しかし、悪食はそれを持たない。人の魂を喰らうは大罪。力は強まるがその存在は希薄になる。さて、私が体を持たなくなってどれくらいになるだろうな。……少なくとも二百年は己の本来の姿を見たことがない」

「つまり、お前は圭人や厚木義彦の体の中に隠れて操っていたということか？」

「まぁ、そうだな。主に操っていたのは厚木の方だがね。この男は情報収集のみに使わせてもらった。あまり頻繁に使用していると、お前たちにすぐ気がつかれてしまうからね」

「じゃあ、俺の知っている圭人は……？」

「本物の彼さ。お前の側には恐ろしい鬼がいるからねぇ。そうそうこの男の身体に潜むわけにはいかないだろ？」

　楽真は心から安堵した。圭人のあの笑顔や懸命さが嘘だったとは思いたくなかった。自分たちと一緒にいる時はちゃんと来栖圭人だったのだ。

「さぁ、どうする？　写楽《しゃらく》。お前はその筆で数々のあやかしたちを封印してきたのだろう？　だが、実体のない私にそれはできない。なにせ見えないのだからな」

そうだ。本当にどうすればいい？　たとえここに上総がいたとしても同じだ。実体のないものは斬《き》れない。

「……っ！」

歯がみをしていると、圭人が大きく右手を動かした。その手には漆黒《しっこく》の大鎌が握られている。数々の魂をこの鎌で狩ってきたのだろうか。おどろおどろしいものを感じて、楽真は後ずさった。だが、摑まれた腕はびくともしない。

「さぁ、長いことかけて手に入れた獲物をどう喰ろうてやろうか。世にも珍しい不融合の者だ。まずその喉を掻《か》っ切って、人から喰ろうてやろうか。それともあやかしの魂を先に喰ろうてやろうか」

じりじりと大鎌が喉元に迫る。背中に冷たい汗が流れたその時、ふと楽真は上総とテレビの前で交わした会話を思い出した。

「画面を通すと……死相は見えない……」

「なに？」

「余計なフィルターがかかるから、死相が見えない……？」

「何をブツブツと……後がなくなり気でもふれたか？」

「……俺は、不融合の者……」

楽真の視線がチラリと圭人の腰にいった。

（持ってる……）

確認した刹那、楽真は倒れた椅子を蹴って圭人の膝に当てた。怯《ひる》んだ圭人の隙《すき》をつき、楽真は彼の腰から素早く拳銃を引き抜いた。あやかし相手の危険な仕事だ。専任管理官は常に拳銃の携帯が許されていることを楽真は知っていた。

「――っ！」

さすがに驚く圭人に、楽真はにやりとした。

「お前なんかに喰われるぐらいなら、この魂を捨ててやるよ」

自分のこめかみに銃口を当てると、圭人が気色ばんだ。

「やめろ！」

死神か圭人かわからない声が楽真を止める。それでも覚悟は揺るがなかった。

楽真は瞳を閉じると撃鉄を静かに下した。

「さようならだ、圭人」

死神の背後に見える圭人に微笑《ほほえ》んで楽真は引き金を引いた。

パーンと軽い音と共に拳銃の弾が楽真のこめかみを撃ち抜く。

痛みは感じなかった。いや、感じないほど一瞬だった。人形のように床に倒れた楽真は自覚する間もなく骸《むくろ》と化した。

死神の怒号が響き渡る。それは獲物を取り逃がした獣《けもの》の悲哀と怒りそのものだった。

最初に瞼の裏で感じたのは深い闇だった。まるで渦潮《うずしお》に流されるように全身が闇の中をグルグルと回っている。しだいに闇が晴れて光が見えた時、楽真は大きく目を見開いた。

「ここは？」

薄靄《うすもや》の中、神々《こうごう》しい光が楽真を包みこむ。心地よくて優しい空間がどこか懐かしい。

「これが、黄泉？」

死んだ人間が導かれる場所。死者の国である黄泉にあやかしは行けない。だが、不融合の自分ならイチかバチかで来られるのではないかと考えたが、予想は当たりだったらしい。

（でも、本当に来られるなんて思わなかった。……俺は、まだ人間だったんだ）

それが泣きたいほど嬉しい。

（まだ、人に未練があったんだな、俺……）

「って、そうじゃない！」

感慨《かんがい》にふけっている場合ではないと、楽真は辺りを見回した。霧の中に一カ所だけクリアな部分を見つけて、楽真は弾かれたように駆け寄った。まるで、スクリーンの様に現世が映っているではないか。ここが、現世と黄泉の境目のようだ。

倒れた楽真を見下ろしている圭人の姿に重なるように何かが見える。それはまるで眼鏡を外して見る3D映画のようだった。

「やっぱり見えた！」

楽真は歓喜のあまり声を上げた。

思った通りだ。悪食は実体がないのではない。ただ見えないだけだ。

テレビで神崎鈴香の死相が見えなかった時と同じで、現世の肉体には様々なフィルターがかかっている。それが悪食の正体を見えなくしていただけだ。黄泉ならば肉体がなくなって純粋な魂だけになる。その分、邪魔なフィルターが消えるのではないかと考えたのだ。

やり方は強引だったかもしれないが、あの時の楽真にはこの選択肢しかなかった。

死神の全身は真っ赤な骨だった。黒いフードの下に深紅《しんく》の頭骸骨《ずがいこつ》が覗いている。空洞の眼は底のない深淵だ。俗によく見る死神の絵と大して変わらないが、本当の死神は人と変わらない姿をしているので、あれが悪食の慣れの果てというやつなのだろう。

「描かなきゃ……」

呟いた瞬間、楽真は一気に蒼《あお》ざめた。

「しまったー！　俺、筆を持ってねぇ！」

空っぽの掌《てのひら》をいまさらのように見つめて、楽真は己の迂闊さを呪った。折られた筆は黄泉に連れて来られなかったらしい。

「バカバカバカ！　俺のバカ！　これじゃ絵が描けねぇ！」

「──筆ならここにあるぜ」

頭を抱えて喚《わめ》いていると、不意に背後から声がした。

ひょいっと横から年季の入った筆を差し出されて、楽真はとっさに振り向いた。

「誰……」

言葉にする前に、目の前に現れた男の顔を見て楽真はパッと顔を輝かせた。

信じられない。信じられるわけがない。まさか、彼に会えるなんて。

「熊《くま》さん！」

紺《こん》色の着流しに二十半ばの姿。気《き》っ風《ぷ》のいい男前な面は少しも変わりがない。初代歌川《うたがわ》豊国《とよくに》はニタニタとしながら楽真の前に立っていた。

「よぉ、楽。元気だったか？」

楽真は嬉しさのあまり子供の様に豊国に飛びついた。

「熊さん、熊さん！　熊さんこそ元気だったか？　あ、もう死んでるんだから元気じゃないか……！　でも若いな熊さん、確か死んだのはもっと歳《とし》がいってからだったはず──」

「楽、相変わらずお前はうるせぇな。まぁ、そんなとこがかわいかったんだけどよ」

「いいや、興奮するだろ、そりゃ！」

「これはお前と現世で最後に別れた時の姿だよ。黄泉では好きな年齢でいられるんだ」

「そ、そうなんだ……でもなんで俺の前に」

豊国はニタニタ顔をさらに緩めた。

「お前、最近俺の思い出話をしただろう」

「した！」

彩菜に豊国のことを熱く語った。ここ何十年彼の話をしてなかったので、つい余計なことまでベラベラと喋《しゃべ》ってしまったことを覚えている。

「こっちではな。現世で死人を覚えている者が思い出話をすると、少しの間だけそいつと繋がることができるんだ」

「そうなのか？」

「この二百年のあいだ時々お前を見てたぜ楽。けどよ、死んでこっちに来りゃお前に会えると思ってたのに、まさか生きてるとはなぁ」

「……えっと」

「ああ、わかってるわかってる。お前もとんでもねぇもんに好かれたもんだ」

豊国はカラカラと豪快に笑った。いったい誰のことを言っているのか、あえて聞かないでおこう。

「――で、あの化け物を描きたいんだろ？　早く描いちまわないと、えれぇことになるんじゃねぇのかい」

豊国は親切に半紙まで渡してくれた。

「ありがとう、熊さん！　まさに地獄に仏だよ！」

楽真は現世が見える位置でよつん這《ば》いになった。夢中で死神の姿を描き写していると、またしても横からひょいっと筆が伸びてきた。

「俺も手伝ってやる」

「ダメだって、これだけは俺が描かなきゃ意味がないんだ」

「わかってるよ」

言いながらも豊国はいたずらっぽい顔で半紙に筆を入れた。

「熊さん！　ダメだってば！」

「大丈夫、大丈夫。本体は描かねぇよ。あの鎌、なかなかえげつなくてそそるじゃねぇか」

「えげつないから、そそるってなんだよ……」

昔から豊国はこういうお茶目な男だった。現代に残る写楽の絵に潜む豊国の絵。その逆もしかり。全部こんな風に彼がおもしろがりながら描いたり描かされたりしたものだ。

「か、鎌だけだからな！　まったく、全然変わってないな。熊さんは」

「死んだくらいで、そうそう人間が変わるかよ。お前はずいぶんと絵が達者になったじゃねぇか。昔は手がうまく描けないーとか泣き言を言ってたくせによ」

「うるさいな、そういう親戚のおじさんの昔話みたいなのやめてくれる？」

「はいはいっと」

軽く返事をして、豊国はサラサラと鎌を描き上げてしまった。

相変わらず見事な筆さばきだ。あまりにも懐かしくて楽真は涙を滲《にじ》ませた。

「なんだ、泣いてんのか？　楽」

「泣いてねぇよ」

「泣いてんじゃねぇか。二百年以上も生きてるのにガキだな」

「ガキじゃねぇ」

言い合っているうちに、楽真の方の死神も描き終わった。

「ほう、こいつは堂に入った写楽と豊国だ。蔦重《つたじゅう》さんも喜びそうだな」

「喜ばないよ。あの人は売れる絵にしか興味ないし。……でも、ありがとう熊さん。これで死神を……」

封じられると言いかけた楽真は、はたとあることに気がついて再び絶叫した。

「あーっ！　しまったー！」

「こ、今度はなんだよ、せわしない奴だな」

仰天する豊国に、楽真は情けない顔で訴えた。

「俺、勢いでここに来たのはいいけど、帰り方がわからねぇ！」

「とんだ大バカ野郎だな！」

反射的にツッコまれて、楽真は返す言葉がなかった。

「相変わらず後先考えずに突っ走りやがって！　火事場で死んだのだって、お前が大事な筆と書き溜めた絵を持ち出すために炎の中に飛び込んだからだろうが！　そういうとこだぞ、本当に！　粗忽《そこつ》にもほどがあらぁ！　周りのもんがどれだけ心配すると思ってんだ！」

「親戚のおじさんの次は、父親みたいな大説教かまさないでくれよ。熊さん」

耳が痛くて言い返すこともできない。楽真は両手で絵を握りしめたまま項垂れた。

「どうしよう、熊さん」

「どうしようじゃねぇよ。ったく。俺にも帰り方なんてわからねぇよ。黄泉の死者はある程度の時間がたつと現世に転生ができるが、お前は来たばっかりなうえに、半分あやかしだしな。まったくの未知数だ」

「未知数……」

これほど怖い言葉はない。帰れないかもしれないなんて想像もしなかった自分がバカすぎる。困っていると、豊国が小さく溜め息をついて楽真の頭をポンポンと叩いた。

「しょうがねぇ。帰れねぇなら、もうここにいればいいじゃねぇか」

「え？」

顔を上げると豊国は冗談でもなく真面目な顔をしていた。

「ここは現世と黄泉との境目だから靄しかねぇが、もっと奥に行けば平和で美しい世界が広がってるんだぜ。浮世の嫌なことは全部忘れてよ。ここで時が来るまで暮らせばいい。元々お前は死人になるはずだった。それを歪められたんだ」

「でも……」

『歪められた』、その言葉に深く心がえぐられた。

自分は歪められたのだろうか。

（他人から見れば、そうなのかもしれない）

楽真はあやかしに人から化け物にされた哀れな絵師だ。

「こっちではさ、絵が描き放題だぜ」

「――っ！」

「お前の好きだった人物画だって描ける。ここでは現世のことなんて関係ないからな」

「人が描ける？」

「ああ！　だいたい、もうみんな死者だろ。お前が心配するようなことにはならねぇよ」

人を殺さずに人物画が描ける。なんて魅力的なのだろう。

楽真の心が大きく揺らぐ。

「熊さん、俺……」

と、その時だった。

「――楽真！」

突然、力強く誰かに名を呼ばれた。

「――っ?」

振り向くと、現世と黄泉の狭間《はざま》に上総が立っている。

「か、上総!? なんでここに?」

上総は楽真に手を差し出した。

「俺がお前の手を引いてやるから、帰って来い!」

言われて、楽真は無意識に手を伸ばした。上総は現世の狭間からは動けないようだ。それでもおかしい。彼はあやかしなのにどうしてここに来られたのか。

「いいのか、楽」

豊国の声が引き止めているように聞こえる。別れる時はいつもそんな寂しそうな顔をしていたと頭の隅で思いつつ、楽真は頷いた。

「熊さん、あいつさ。俺を生み出したくせにいろいろ酷いんだ。人使いは荒いし、時々俺を囮にするし、人物画を描けなくするしさ。だから最初はすげぇ恨んで何度もあいつのもとから逃げ出した。だけどその度に連れ戻されるから、もういいやって……これも俺の人生かもって妥協しかけたのに、急に百年も生きてるのか死んでるのかわからなくなりやがってさ。……親のくせに突然育児放棄だよ、信じられねぇ。――だけど、その時離れようと思えば離れられたんだ。でも、俺はあいつを探さずにはいられなかった」

「そいつはなんでだ」

「だって、ずっと呼ばれてたから……。俺が探してやらないと誰もあいつを見つけられないと思った」

「けっ！　苦労性だな、お前も。けど果報者だよ！」

「そうかな？　そうは思わないけど」

楽真は難しい顔をして首をひねった。

「楽真！」

再び名を呼ばれ、楽真は上総の手を強く摑む。驚くほどの力で引き寄せられ、楽真はあっという間に豊国から離された。

「熊さん！　俺あんたに会えて嬉しかった！」

叫んだ瞬間、視界が暗闇に逆戻りし、渦の中に身体が叩き込まれた。上総の姿は見えなかったが、それでも握られた手のぬくもりはしっかりと感じる。

本当に上総が現世に引き戻してくれているのだと安心して、楽真は完全に流れに身をゆだねた。ふと、遠くで豊国の声がした。

「もう、戻ってくるなよ、楽ー！　今度は現世で会おうぜー！」

（うん、熊さん。何十年、何百年後かわからないけど、また現世で会おう。俺、待ってるから。あんたが転生してくるの）

暗闇に強い明かりが灯《とも》った。黄泉に行った時とは違う強い強い光だ。うっかり目を開けたら潰れそうで怖かった。

「……ま……楽真！　楽真！」

何度も名を呼ばれ、楽真はようやく目を開いた。

真っ先に飛び込んできたのは上総の顔だった。あまり人に感情を見せない男が焦燥《しょうそう》感を露《あらわ》にしているので、こちらが驚いた。

「上総？」

「楽真！」

上総の瞳が安堵したように和《やわ》らいだ。

「珍しい。あんたの表情がそんなにコロコロと変わるの初めて見た。いっつもわかりにくい無表情かアルカイックスマイルだからさ」

「帰ってきた早々、口がよく回るな」

楽真のこめかみの血を拭いながら、上総は静かに憤《いきどお》る。

「俺の許可なくバカなことをするな……。お前を取り戻せないかと思った」

「へへ。ちょっと死んでみた。すごいだろ、俺」

「だから、二度とするな！　お前の骸を見た時は心臓が凍った。あやかしの魂を持っているからこそ帰ってくることができたんだ。でなければお前は……」

楽真はしげしげと上総を見つめた。少し彼の手が震えているように感じる。もしかして怖かったのだろうか。

（俺が死ぬのが？）

「ごめん。もうしない」

素直に謝りながら、楽真はずっと握りしめていた半紙を差し出した。

「見えない死神を描いてきたぜ」

満面の笑みで渡すと、上総は真剣な表情でそれを広げた。

「見事だ」

「写楽と豊国の合作。お宝だろ」

つい自慢すると、上総の眼差しが絵に釘付けになった。これで少しは溜飲《りゅういん》を下げてくれただろうか。

「でも、あんたどうしてここに？　満月で寝てるはずじゃ……」

「お前に付けた鈴が鳴り続けてるのに、のんきに寝ていられるか」

妖力が弱まるこの時期、彼の耳に届く楽真の声はずいぶんと小さかったことだろう。それでも上総は聞き逃したりしないというのか。

楽真は自然と笑みをこぼした。

「上総、あとは頼んだ」

こめかみの傷は徐々に塞がっているが、今は立ち上がれないほど痛い。自分の仕事は終わったのだから、この後のことは上総がどうにかしてくれるだろう。

「任せろ」

圭人は床にうずくまって呻《うめ》いていた。身体から死神が抜けきらないように、術によって押さえつけられているらしい。

見守っていると、上総は圭人に向かって楽真の絵を広げて見せた。

圭人が咆哮《ほうこう》を上げる。うっすらとだが、実体がなかったはずの死神の姿が見えた。必死に圭人の中から出ようと暴れる死神に、鬼の姿に変貌した上総が妖刀を裏返して峰打ちで一太刀《たち》浴びせた。宿体になっている身体を気遣ってのことだ。

断末魔の悲鳴と共に、死神が圭人から抜け出る。ものすごい勢いで楽真の絵に吸い込まれていく深紅のドクロに向かって楽真は舌を出した。

こいつにはいろいろと振り回された。感情的にはざまぁみろと言いたい。

「――これで、彩菜さんも大智も救われるよな。上総」

「そうだな」

人の姿に戻った上総がほんのりと口角を上げた。だが、その体が急に大きく揺らぐ。楽真は仰天して上半身を起こした。

「上総！」

「お前はここでおとなしくしていろ。こめかみの傷はすぐに塞がるから」

「俺のことより、あんただよ！　大丈夫なのか？」

「俺は……もう少し眠る……」

そう言うなり、上総はバタリと楽真の上に倒れてしまった。

「か、上総！　ちょ、急にこんなところで寝るなよ！　ここ警察署だから！」

楽真の悲痛な声が聞こえたのか、圭人の瞼がゆっくりと開いた。

「う……ん……あれ？　俺、なんで……」

事態が飲み込めていない圭人は、楽真と上総の姿を見たとたんこの世の終わりのような顔をして叫んだ。

「ら、楽真さん!?　なんで血まみれなんですか！　上総さん！　どうしてこんなところで倒れてるんですかー！　きゅ、救急車……！」

あまりにも圭人が慌てふためいているので、楽真は現実に戻ってきたことを実感して、つい噴き出してしまった。電話をかけようとしている圭人に優しく声をかける。

「電話はストップだ。あやかしに救急車は御法度《ごはっと》……人間の身体じゃないってばれるから」

「そうなんですか？　じゃあ、どうすれば!?」

「とりあえずベッドを用意して。あ、留置所以外な。天下の剣《つるぎ》上総を留置所で寝かせたなんて知られたら、俺、兄さんたちに殺されるから」

「も、も、もちろんです！」

「……それと……」

「それと!?」

「俺も、もう限界……留置所以外で寝かせて」

クラクラと目眩を起こして、楽真は完全に意識を失った。

エピローグ

「上総《かずさ》様が一晩警察のご厄介《やっかい》になったですって⁉」

「釜戸《かまど》姉さん、言い方……」

　面倒な諸事が終わり、ようやく画楽多堂《がらくたどう》に戻ってきた楽真《らくま》は、兄さん連中にことの次第を詳しく報告していた。誰かがどこかで叫ぶだろうと思っていたが、先陣を切ったのは釜戸守《まも》りだった。

「だって、あんた。満月で眠ってるはずの上総様がなんで代々木《よよぎ》署に現れるのよ！　大丈夫だったの？」

「大丈夫じゃなかったから、力を使い果たして署で眠っちゃったんだろ」

「まぁ、ご無理をなさったのね。……でも、さすが上総様だわ。楽真のピンチには必ず現れる。なんて立派なストー……いえ、守護警備隊長！　それで？　あんたはどうだったの？」

「え、えっと……。まぁその……」

黄泉《よみ》に行った時のことを話すと、今度は嵐《らん》が悲鳴を上げた。

「ド頭《たま》ぶち抜いて一回死んだやてー!?　どんだけ豪快なやり方やねん！　エキセントリックな漢前《おとこまえ》か！」

「だから、嵐兄さんも言い方……」

「なんちゅうこっちゃ！　イチかバチかにもほどがあるやろ。ああ、こんなことなら警察署には手を出せへんとか頭を使ったこと言わんと、代々木署の一つや二つぶっ壊してお前を奪還しとればよかったわ！　その方が何倍も平和やったやないか！」

「全然平和じゃないから！　むしろ、おとなしくしててくれて助かったから！」

喚《わめ》く二人を宥《なだ》めていると、一人冷静な皇《すめらぎ》が楽真の横で苦笑いをしている圭人《けいと》を褒めた。

「お前もいろいろ大変だったな。代々木署に事情を説明するのは大変だったろう」

「ええ。大変でした。……会議室でいったいなにがあったんだと署は大騒ぎで……」

「そうだろうな」

「もう、卑怯《ひきよう》だとは思いましたが、俺自身の本庁キャリアの力と、ちょっと父親と祖父の名前を借りて強引になにもなかったことに……」

「――でかした！　初めてお前がお坊ちゃんでよかった思うたわ！　お猿でも使えるもんは使えるんやな！」

「嵐さん、それ全然褒めてませんよね!?　一ミリも褒めてませんよね！」

奔走《ほんそう》したにもかかわらずけなされる圭人をかわいそうに思ったのか、釜戸守りが嵐の後頭部を叩いた。

「あんたは感謝のしかたを少しは学びなさいよ！」

「そうだよ、嵐兄さん。――気にするなよ、圭人」

一番の功労者であるはずの圭人が落ち込んでいるので、楽真は必死に宥めた。すると、嵐が嫉妬《しっと》丸出しでわざわざ二人の間に入ってきた。

「しかし、悪食《あくじき》が実体を持たん者やったとはなぁ。どんなに探しても見つからんはずやで」

「そうだよな。正確には見えないだけだったけど……」

その話題になると胸が痛い。死神は自分の魂《たましい》を狙って悪さを繰り返していたのだ。巻きこまれた人々には申し訳ないばかりだ。

全ての元凶が自分だったと聞いた時はショックすぎてしばらく立ち直ることができなかったが、被害者であるはずの圭人が自分の責任だと懸命に謝るので楽真も複雑だった。

「なぁに？　落ち込んでるの、あんた？」

顔色を読んだ釜戸守りに覗《のぞ》き込まれた。楽真は素直に頷《うなず》く。

「おバカさんねぇ……あたしたちだって悪食が圭人の中に潜んでるなんて気がつかなかったんだから同罪よ」

本当にそうだろうか。曖昧《あいまい》に微笑《ほほえ》むと、嵐が盛大に抱きついてきた。

「とにかく、ド頭ぶち抜いたのに無事に帰ってこれたんや！　悪食も封印したし、大智《だいち》の寿命も戻った。彩菜《あやな》さんは黄泉に帰れたし、ここはよかったたってことにしとこうや」

「うん……」

ただ一人救うことができなかった神崎鈴香《かんざきすずか》の顔を思い出し、楽真は微妙に笑んだ。

できることなら、彼女の命が尽きる前に事件を解決できたらよかった。今さらこんなことを言ってもしかたがないが、やはり思うのだ。運命とはこんなにも残酷なものなのかと。

◇

「なぁ、上総。あんた、満月の日になにか起こるってわかってたんじゃないのか？」

賑やかなあやかしたちが帰った後、画廊の裏にある『封印部屋』で楽真は死神の絵を見つめていた。上総はふと眼差《まなざ》しをこちらを向ける。

ああなることを見越していなければ、あのタイミングで代々木署に現れるはずがない。

「まさか、俺が狙われてたなんてなぁ……」

自然と重い溜め息が流れた。まだ、心から笑顔を作ることができない。そんな楽真を上総はじっと見つめている。

「だから、あんたは死神をおびき寄せるためにわざと満月の夜まで待ってたんだろう」

「……」

上総は否定も肯定もしない。それこそが答えだ。

「眠ってなきゃいけないのに、無理をさせてごめんな」

「しおらしいじゃないか」

「だって、満月だったし……。病人を無理やり働かせるようなもんだし……」

「俺もさすがに死神が圭人の中にいることには気づいていなかった。もし知っていたらあんなやり方はしなかった。お前に死まで選ばせたのは俺のミスだ」

「……」

「お前の骸《むくろ》を見た時は生きた心地がしなかった。……あんな思いは二度とごめんだ。俺だって完璧じゃない。もう絶対に無茶なことはするな」

「……ごめん。あれしか方法が浮かばなくて」

「でも、まさか、お前がこちらに帰って来てくれるとは思わなかった」

意外な言葉に、楽真は顔を上げた。

「どうして？」

「黄泉の方がお前は過ごしやすいだろう？」

「絵のこと？」

上総は楽真から人物画を奪ったことに負い目を感じている。楽真を生み出した二百年以上前からずっとだ。

「だって、あんた帰って来いって俺を呼んだじゃん。だから帰らなきゃって思ったんだ」

「それだけか？」

「うん、それだけ。圭人のことも助けなきゃと思ったし」

「そうか」

なぜか上総が満足そうなので、楽真は照れくさくなって額縁に入れた死神の絵を壁に掛けた。

「雅号は入れないのか？」

他のあやかしの絵には全て東洲斎写楽《とうしゆうさいしやらく》の雅号を入れてある。だが、楽真は死神の絵にだけは名を入れなかった。

「これは東洲斎写楽と歌川豊国《うたがわとよくに》の合作だからな。雅号を入れるなら熊《くま》さんと一緒でないと」

「……」

上総は優しい眼差しで、意外なことを言った。

「レアものだな。欲しいなこれ」

「あんた相変わらずただの写楽ファンだな！　これは封印してなきゃいけないんだろ！ダメだからな！」

「わかってる」

ものすごく惜しそうにしているのが不安だ。盗難防止の仕掛けでもしておこうかと本気で考えていると、上総は予想外なものを楽真へ差し出した。

「ほら、忘れ物だぞ」

「え……？」

それは折られたはずの筆だった。ぽっきりと二つになっていたはずなのに、筆は綺麗《きれい》に一本に戻っている。

「ええ？　どうしてだよ！」

「……これは火事場で俺が拾った。お前と一緒だ。最後まで面倒を見てやらなきゃな」

「な、なおしてくれたのか？　え、ちょっと待てよ。もしかして今まで筆の手入れとかしてくれてた？」

「ああ」

何をいまさらと言われて、楽真はびっくりしすぎて筆と上総を交互に見やった。

「俺、二百年も筆が傷《いた》まないのは付喪神《つくもがみ》だからだと思ってた」

「付喪神？」

「違うのか……？」

「それが付喪神になるには、まだ年季が足りない」

「ええー？」

まさか、今まで筆が傷まなかったのは上総がきちんと手入れしてくれていたおかげだったとは。長持ちさせるための術をこまめに施してくれていたのだろうか。

「あ、ありがとう」

さすがに自分はあまりにも鈍すぎだった。楽真は唖然《あぜん》としたまま宝を握りしめる。これでまたこいつと一緒に戦えると思うと、だんだんと喜びがこみ上げてきた。

「お前の命だろ。大事にしろ」

「うん」

死神を封印して以来、楽真は初めて心から笑った。こんなにもさりげなく、上総はいつも楽真を気に掛けてくれている。そんな事実に目を向けることもせず、自分はよく彼の側に長年いられたものだ。

「その筆も俺がいない間、ちゃんと頑張ってくれていたみたいだしな」

「……」

上総がいなかった百年もの間、筆はけっして傷まなかった。筆にも上総の想いが届いていたのだろうか。それはわからないが、今も昔もこの筆が楽真の唯一の相棒であることに違いはない。

楽真はチラリと上総を盗み見た。

「あのさ」

「ん？」

「もう一つ、聞きたいことがあるんだけど」

「なんだ？」

本当は、すぐにでも問いたかったのだが、今まで躊躇《ちゅうちょ》していた。だが、この筆が手元に戻って来た時、楽真は改めて思ったのだ。剣《つるぎ》上総というあやかしをもっと深く知らなければならないと。

「俺、まさかあんたが黄泉にまで迎えに来てくれるとは思わなかったよ。……でもさ、黄泉に行けるのは人間の死者だけだろ？　俺は不融合の者だから、かろうじて行けたけどさ……。あんたはなんで来れたの？」

あやかしである上総は黄泉に足を踏み入れることさえできないはずだ。なのに、あの薄《うす》靄《もや》の中に姿を現した。

「……あんた、本当は何者なんだよ」

百年以上一緒にいるのに、楽真は上総のことをほとんど何も知らない。

盗み見しているつもりが凝視に変わっていたのか、上総が真顔になって真正面から楽真を見つめた。

「……知りたいのか？」

「知りたい」

「お前の方から俺に関心を示すのは珍しいな」

「そうかな……？」

言われてみればそうかもしれない。百年という空白期間は楽真の中で上総という存在を嫌でも大きくした。今まで気づかぬふりをしていたことも、積極的に聞いていきたい。でなければ、この先後悔することになると思ったのだ。

上総はしばらく黙していたが、やがてニヤリと口角を上げた。

「秘密だ」

「って、なんだよそれ！」

思わず楽真は上総に飛びついた。

上総が意地の悪い笑みを浮かべる時は、話したくないことを打ち切ろうとすることが多い。

楽真は納得できずに唇を尖らせた。

「あんたの秘密主義なところ、本当によくないと思う！」

「お前は知らなくていいよ」

不意に慈愛に満ちた眼差しを向けられ、楽真は戸惑った。

上総の秘密は、楽真にとって何かよくないことなのだろうか。

「上総……」

楽真は筆を握りしめた。すると上総は視線を死神の絵に向けて言った。

「やはり、何度見ても見事な絵だな」

あからさまに話をそらされ、楽真は子供のように頬《ほお》を膨らませた。

「ずりー」

上総はあくまで話の続きをする気はないらしい。その横顔をじっと睨《にら》んでいると、ようやく黒曜《こくよう》石の瞳がこちらを向いた。

「なんだ？　心配しなくても絵を盗んだりしないぞ」

あさっての答えが返ってきて、楽真は鳩が豆鉄砲をくらったような顔になる。

「いや、念を押されると本当に心配になるから」

なんだか、妙におかしくなって楽真はつい笑ってしまった。

とりあえず、このことはひとまず置いておこう。上総が何者であってもきっと自分たちの関係は変わらないのだから。

いま彼に返す言葉はこれだけでいい。

「上総、黄泉まで迎えにきてくれて、ありがとう」

※この作品はフィクションです。実在の人物・団体・事件などにはいっさい関係ありません。

集英社オレンジ文庫をお買い上げいただき、ありがとうございます。
ご意見・ご感想をお待ちしております。

●あて先
〒101-8050　東京都千代田区一ツ橋2-5-10
集英社オレンジ文庫編集部 気付
希多美咲先生

あやかしギャラリー画楽多堂
～転生絵師の封筆事件簿～

集英社
オレンジ文庫

2021年5月25日　第1刷発行

著　者　希多美咲
発行者　北畠輝幸
発行所　株式会社集英社
〒101-8050東京都千代田区一ツ橋2-5-10
電話【編集部】03-3230-6352
【読者係】03-3230-6080
【販売部】03-3230-6393（書店専用）
印刷所　図書印刷株式会社

ISBN 978-4-08-680384-7 C0193

集英社オレンジ文庫

希多美咲

からたち童話専門店 ～えんどう豆と子ノ刻すぎの珍客たち～

諸事情あって兄弟五人で倉敷に越してきた高校生の零次。
向かいの家は、美青年の九十九が営む童話専門店で…。

からたち童話専門店 ～雪だるまと飛べないストーブ～

ある日、零次はふと奇妙な視線を感じる。一方、九十九は
雪のように冷たい美貌の少年と知り合うのだが…？

好評発売中

【電子書籍版も配信中　詳しくはこちら→http://ebooks.shueisha.co.jp/orange/】